ーク

藤兵悟3

新装版

今野 敏

ハルキ文庫

角川春樹事務所

目次

1 宣 告

パーティー会場の入口付近で、いきなり罵声《ばせい》が上がった。

会場を埋め尽くしている人々は、一斉《いっせい》にその声のほうに注目した。会場のざわめきが一瞬にしてとだえ、静まり返った。

浅黒い肌の男が、何事かわめきながら、磯辺良一《いそべりょういち》に躍《おど》りかかった。

磯辺良一は、手に持っていた水割りのグラスを取り落とし、あとずさった拍子《ひょうし》に他《ほか》の客にぶつかってよろけた。

浅黒い肌の男は、英語で叫んでいた。

「イスラムを冒瀆《ぼうとく》する者は死刑だ！」

訛《なま》りのある英語だった。

彼は、懐《ふところ》からナイフを抜いて、磯辺良一に襲いかかろうとした。

一瞬静まり返った会場は、ひとりの女性客の悲鳴がきっかけで大騒ぎになった。

磯辺良一は、さらに後方に逃げようとしたが、客のひとりの足につまずいて尻餅《しりもち》をついてしまった。

暴漢は、ナイフを振りかざした。

だが、そのナイフが振り下ろされることはなかった。

ひとりの屈強な男が、暴漢の背後からしがみついた。それを見た周囲の男たちが我を忘れて暴漢に飛びかかった。

結局、浅黒い肌の暴漢は、五人の男によって取り押さえられた。

ホテルの従業員とガードマンが駆《か》けつけた。暴漢はガードマンたちによって背中に手をひねり上げられ、会場から連れ出された。

会場にナイフが落ちていた。

そのときになって、暴漢を取り押さえた男の何人かが怪我《けが》をしているのがわかった。ナイフによって傷つけられたのだ。ホテルの従業員が彼らを医務室に連れていった。

磯辺良一は、床に落ちたナイフを見つめていた。冴《さ》えざえと光るそのブレードから眼を離すことができないようだった。

彼は、パニックを起こしかけていた。顔色を失っており、汗が額《ひたい》ににじんでいる。

「大丈夫ですか?」

近くにいたパーティーの客が、磯辺良一を助け起こそうとした。

その声で、磯辺良一は、ようやく自分の立場を思い出した。彼は、なんとか笑顔を作って、軽快に立ち上がった。

パーティーの出席者たちは、磯辺良一に視線を注《そそ》いでいた。遠くのほうでは、ひそひそとささやき合う声が聞こえる。

磯辺良一は、国際ジャーナリストの体面を保たねばならなかった。彼は、行動派のノンフィクション・ライターで、危険な紛争地帯に何度も取材に行ったことが知られている。修羅場《しゅらば》をくぐってものにした記事が売り物なのだ。

このパーティーは、彼の著書『イスラムの熱い血』のヒット記念パーティーだった。半年前に出版したこの著書が、五万部を超え、十万部に迫ろうとしていた。

出版社の社員たちが磯辺良一の周囲に集まり、緊張した面持《おもも》ちで彼の様子をうかがっている。

「これで、私もイスラムに認知されていることがわかったね」

磯辺良一は、快活に言った。

その声は、会場に響きわたった。

「私も国際的なジャーナリストとして一人前になれたということだ」

会場から笑い声が上がった。

ホテルの従業員がナイフを拾おうとした。磯辺良一は、言った。

「待った。ナイフに手を触れてはいけない。そのままにしておくんだ」

「は……？」

「警察が現場検証に来るだろう。現場はなるべく事件があったときのままにしておくんだ」

磯辺良一は、ジャーナリストらしい配慮を周囲の客に印象づけたかったのだ。

間もなく警察がやってきて、現場の検証と事情聴取を始めた。

パーティーはその時点でお開きになり、警察官は手分けをして、出席者の名簿作りを始めた。

「名前と年齢を教えてください」

警官が尋ねた。年嵩《としかさ》の腹の突き出た警官だった。制服についている階級章には星が三つあった。巡査部長だった。

「磯辺良一。四十七歳だ」

彼は、年よりも若く見られた。年齢を言うたびに相手が驚くので、いつも気を良くしていた。だが、巡査部長は、まったく関心を示した様子もなく、クリップボードの薄い紙に必要な事項だけを書き込んだ。

「住所は?」

「世田谷《せたがや》区成城《せいじょう》　五丁目……」

「職業は?」

「ジャーナリストだ」

磯辺良一は、警察官が自分の職業を知らなかったことがおもしろくなかった。彼は、マスコミでもそこそこ顔が売れている。

深夜のニュース・ショーなどで解説をすることがあり、テレビで顔が知られているのだった。

彼は、相手が自分を知らなかったことを、知性のレベルのせいにしたかった。

「どんな状況だったか、詳しく話してください」

「私は、会場内を歩き回って、パーティーの出席者たちと話をしていた。会場の入口付近に来たとき、いきなり、怒鳴り声がした。男が入口のほうから近づいてくるのが見えたよ。その男は、中東系のように見えた。訛りのきつい英語で叫んでいた。その男が、いきなりナイフを抜いて、私に襲いかかった」

「それが、会場に落ちていた、あのナイフですね……」

「そうだ」

「その男は何を叫んでいたのです？」

「イスラムを冒瀆する者は死に値《あたい》する……。そのようなことを叫んでいたな……」

「イスラムを冒瀆する者……？　どういうことです？」

磯辺良一は、黙って会場正面の看板を指さした。そこには、「『イスラムの熱い血』ヒット感謝パーティー」と書かれていた。

警察官はそれを見てもわからない様子だった。磯辺良一は、苛立《いらだ》ったように言った。

「『イスラムの熱い血』というのは、私の著書だ。現在の国際状況から、ムスリム、つまりイスラム教徒たちのことを論じている。イスラム教徒といっても、さまざまな宗派がある。大きくシーア派とスンニー派に分けられるわけだが、なかには原理主義の過激派もいる。冷戦時代が終わり、米ソの影響力が消えると、民族主義が俄然《がぜん》クローズ・アップされてきた。そのなかでも特にイスラム教が大きな役割を演じている。現在の南米を除く主な紛争地帯で、イスラム教徒が関係していないのは、スリランカ紛争とアイルランド紛争だけだ。いいかね。インドではイスラム教徒とヒンズー教徒が戦っている。ボスニア・ヘルツェゴビナでは、イスラム教徒とカトリック、セルビア正教徒が三つ巴《どもえ》の戦いを繰《く》り広げている。ナイジェリアではキリスト教徒とイスラム教徒が戦争をやっており、イラクではなんとイスラム教のシーア派とスンニー派が戦争をしている。こういう状況を見るにだね……」

磯辺良一は、早口でまくしたてるように話しはじめた。

「失礼。その話はもっと続きますか？」

巡査部長が言った。「できれば、簡潔にお願いしたいのですが……」

「ああ……。その……、つまり、あの暴漢はイスラム教徒であり、私の本の内容が気に入らなかったということなんだろう。人類は二千年の間に、民主主義というひとつの進歩を勝ち得た。しかし、イスラム教徒は、まだ二千年前のままでいる。その差異が国際紛争を呼んでいる。私はそれを著書の中で証明して見せたのだ」

「ただそれだけで、あなたを襲おうとしたと……」

「そういう連中なんだよ。前例がないわけではないだろう？」

「……と言いますと？」

「ラシュディやタスリマ・ナスリンだよ」

「はあ……」

「知ってるだろう……？」

「何でしたっけね……」

「まったく、日本人の国際認識というのはこの程度のものでしかないんだ……。サルマン・ラシュディは、インド系イギリス人の作家で、『悪魔の詩《うた》』という小説を書いた。この作品がイスラムを冒瀆しているということでイランのホメイニ師から死刑の宣告をされた。ホメイニ師の死後もその効力を持っている。タスリマ・ナスリンはバングラディッシュの女流作家だ。こちらも同様に『ラッジャ』という小説がイスラムを冒瀆しているといわれ、イスラム協会などの原理主義グループから死刑宣告を受けた」

「ああ……」

巡査部長がうなずいた。「筑波《つくば》大学の五十嵐《いがらし》という助教授が殺されたのに関係があるんでしたね……」

「五十嵐一《ひとし》君は、ラシュディの『悪魔の詩』の翻訳者だった」

「確か、大学構内で、喉《のど》を掻《か》き切られて死んだのでしたね……」

「そのほか、肝臓に達する刺し傷もあったと聞いている」

「つまり、あなたも五十嵐氏の二の舞になるところだったと……」

「どうかね……。私はまだ、正式に死刑の宣告をされていない。脅《おど》すだけだったかもしれない」

「しかし、本の内容が気に入らないというだけで、刃傷沙汰《にんじょうざた》ですか……」

「君、イスラム教というのはね、そういうものなのだよ」

「その他に、個人的な怨《うら》みとかの心当たりはないのですね？」

「もちろん、ある」

「はあ……？」

「こういう商売をしていると、どこで怨みを買っているかわからない。そういう意味だよ」

「以前にもこういうことがあったのですか？」

「いや。アメリカのロビイストに、これを書いたら命はない、だの、イタリアのマフィアに、俺の名前を出したら地の果てまで追っかけて地獄に送るだの言われたことはあったが、たいていは、はったりだった」

「では、今回はなぜ、このようなことになったんでしょうね？」

「イスラムはわれわれの常識が通用しないのだ。イスラムは特別なんだよ」

ようやく警察から解放され、すっかり白けた気分になった磯辺良一は、『イスラムの熱い血』を出版した会社の編集者を伴《ともな》って、銀座《ぎんざ》に繰り出した。

高級クラブに行ったあと、作家や出版社の連中があつまるミニ・バーへ顔を出し、一時ちかくにタクシーを拾った。

おかげで、翌日は、二日酔いだった。昼まで寝ていた磯辺良一は、電話で起こされた。ベッドの脇《わき》にある電話に手を伸ばしたが、気分は最悪で、返事の口調もひどくぶっきらぼうだった。

「はい……」

「リョウイチ・イソベか？」

電話の相手は、英語で言った。訛りの強い英語だった。

「そうだ」

磯辺も英語で答えた。

「イスラムを冒瀆した罪により、死刑を宣告する」

「なんだと……？　おまえは何者だ？」

「『イスラム聖戦革命機構』だ。これは正式な決定事項だ」

「冗談じゃない」

電話が切れた。

「おい、待て。おい……」

磯辺良一は、いつの間にかベッドの上で身を起こしていた。

受話器を置くと、彼は居間に急いだ。新聞がテーブルの上にあった。昨夜の出来事が記事になっていないか探した。

記事はすぐに見つかった。会場にはカメラマンや報道関係者も来ていたので、写真入りの記事になっていた。

新聞によると、暴漢は、パキスタン人だった。警察の取り調べに対して、そのパキスタン人は、「磯辺良一は、死に値する」と繰り返しているだけだという。昨日の時点では、暴漢はイスラム教徒が正式に死刑を宣告したとは語っていない。暴漢は個人的な犯行だったようだ。

磯辺は、複数の新聞を取っており、すべての記事を読んだ。どれも似たような内容だった。正式な死刑の宣告云々《うんぬん》という記事はなかった。

妻がやってきて言った。

「昨日はたいへんだったのね？」

「うん……？」

「その記事よ」

「ああ……。どうっていうことはない」

「でも、顔色が悪いわ……」

「二日酔いのせいさ……」

「お食事は？」

「いらん。食欲がない」

磯辺良一は、数種類の新聞を抱えて仕事場である書斎に向かった。

書斎から、『イスラムの熱い血』を出版した公英社《こうえいしゃ》に電話した。担当の編集者が出た。編集者は、江木《えぎ》という名だった。

「あ、磯辺さん……。今、電話しようと思っていたところですよ……」

「……ということは、そちらにも電話があったのだな……」

「『イスラム聖戦革命機構』でしょ……。『イスラムの熱い血』をすぐに発売中止にして、店頭にあるものは回収しろと言ってきました」

「俺のところには、死刑を宣告してきたよ……」

「死刑ですか……。どうでしょう？　ただの脅しですかね……」

「わからん……。筑波大の五十嵐助教授の例もあるからな……」

「警察にすぐ連絡をしましょう」

「警察……？　あてにならんよ。警察は、具体的な証拠がなければ何もしてくれない。君は相手の言ったことを録音したかね？」

「いいえ。そんな時間はありませんよ。相手は言いたいことだけを言って、電話を切ってしまいましたからね……」

「五十嵐助教授の場合も警察は何もできなかった。犯人すらつかまえていない」

「しかし、一応相談してみましょう。今後のこともあるし……」

「好きにしたまえ。だが、警察だけじゃどうにも心もとない……。警察は政治家などのVIPの警護には本気になるが、一般人にはなかなか本気になってくれない。企業テロさえ防げないのに、外国人のテロを防げるとは思えない」

「じゃあ、どうするんです?」

「民間の警備保障会社にボディーガードを頼もうと思う」

「民間の……? そっちのほうがずっと頼りないじゃないですか? 第一、民間のボディーガードは拳銃《けんじゅう》すら持っていないのでしょう?」

「認識が甘いな。今、民間の警備保障会社は、プロを雇《やと》っている。銃は所持できなくてもサバイバルの技術において一流の人間がいるはずだ。そういうボディーガードが二十四時間体制で身辺を警護してくれれば心強い」

「そうですね……。磯辺さんがそうおっしゃるのなら……。どこか、心当たりはあるんですか?」

「以前、企業テロの取材をしたとき、大手の『バックラー警備保障』という会社の役員と親しくなった。そこは世界中から専門家を呼んで社員教育をしており、なかなか頼りになる」

「では、そこに依頼するわけですね?」

「そういうことになるだろうが、問題がひとつある」

「問題?」

「費用だ」

「どのくらいかかるんです?」

「二十四時間体制で、ふたりのボディーガードが付く『指定警護』は、月三百五十万から四百万が相場だという」

「月四百万……。そりゃ大金だ……」

「コネを利用し、条件を落とすとしても、月二百万はかかるだろう。俺は個人ではとても支払えない」

「そうでしょうね……」

「君のところでなんとかならないか？」

「わが社でですか……」

江木の口調ははっきりしなかった。通常、脅迫があったからといって出版社で警備保障の費用を支払うことはない。

自分の身を守るのは、著者の責任なのだ。著者というのはそれだけのリスクを負うものだというのが社会通念だ。そのリスクがあればこそ、著作者の権利は固く守られるのだ。

だが、担当編集者としては、著者に相談されて無下《むげ》に断《こと》われないというのも実情だった。

特に、現在、磯辺の『イスラムの熱い血』は公英社のドル箱だった。

江木は言った。

「わかりました。上と相談してみます」

「急いでくれ。刺客《しかく》は今日にでもやってくるかもしれない」

「ほんとに脅しじゃないんでしょうね……？」

「君は、俺の本を読んでいないのか?」

江木は心細そうに言った。

『バックラー警備保障』の社長室で、社長の渡会俊彦《わたらいとしひこ》はノックの音に、顔を上げぬまま答えた。

「入りなさい」

渡会俊彦は、まだ三十七歳という若さだった。青年実業家というわけだ。

ドアを開けて入ってきたのは、鷲《わし》鼻の白人だった。茶色の眼に濃い砂色の髪をしている。

彼は、流暢《りゅうちょう》な日本語で言った。

「何か用か、ボス?」

「ウォルター。面倒な仕事だ」

「面倒でない仕事のほうが驚くな」

ウォルター・ジェイコブが言った。「何だ?」

「イスラムの死刑宣告を受けたライターがいる」

ウォルター・ジェイコブは、さっと顔色を変えた。

「イスラム教徒だって? ボス、あんたは、俺の両親のことを知っていてそういう仕事を俺に回すのか?」

「そうだ」

「第一、俺はボディーガードじゃない。社員の教育担当だ」

「日本人は、イスラム教徒の習慣を知らない。君が適役なんだ。もちろん、護衛は交替で付けさせる。君は指揮を執る役目だ」

ウォルター・ジェイコブは、考えながら言った。

「俺は、ユダヤ系のアメリカ人に過ぎないが、俺の両親まではイスラエル人だ。こういう仕事を断われるわけがない。だが、条件がある」

「何だ?」

「スカウトだ」

「人材に心当たりがあるのか?」

「ある。いっしょにザイールで戦った男だ」

「もと傭兵《ようへい》か? だが、海外にスカウトに行っている時間はない」

「そいつは日本人だ。今、日本にいるよ」

2　依頼

『ミスティー』は、乃木坂《のぎざか》のビルの一階にある目立たない店だ。大通りに面していないこともあって、一見《いちげん》の客があまりやってこない落ち着いたバーだった。

一枚板の重厚なカウンターが入口を入ると左手にある。そのカウンターの奥は、バーテンダー黒崎猛《くろさきたけし》の領地だった。誰も黒崎の権限を侵《おか》すことはできない。

黒崎猛は、物静かな初老の男で、客のことはけっして詮索《せんさく》しないバーテンダーに持ってこいのタイプだった。彼は、他人のことを尋ねない代わりに自分のこともけっして話したがらないのだった。

その黒崎の領地にただひとり入ることを許されているのが水木亜希子《みずきあきこ》だった。

彼女は、いつも純白のシャツに黒いベスト、黒い細身のズボンを身につけ、蝶ネクタイを結んでカウンターのなかに立っていた。

髪はショートカットで、普段は、前髪を自然に中央から分け、サイドの髪を後方に流している。その髪は、ちょうど耳を覆《おお》うくらいの長さで、髪の下から耳たぶがのぞく感じになる。

仕事のときは、ハードの整髪ジェルで男性のように髪を固《かた》めていた。サイドの髪をリーゼントのように後ろになでつけ、アクセントとして、前髪をいく筋か額《ひたい》に垂《た》らしている。不思議なことに男性のようなその出《い》で立ちが、彼女の見事なプロポーションを強調し、女性らしさを引き立たせていた。

彼女は、身長が百六十センチほどだが、全身、女性らしい丸みをたたえ、それでいてシャープな躍動感があった。

亜希子もよく『ミスティー』の雰囲気を心得ており、けっしてしゃべりすぎることはなかった。

開店したばかりの店内で、工藤兵悟《くどうひょうご》が今日最初の一杯を飲んでいた。

九十度に曲がったカウンターの一番端に座っている。その席は、壁を背にすることができる。工藤兵悟の指定席のようなものだった。

彼は、『ミスティー』の奥の一間《ひとま》を間借りしていた。間借りというより居候《いそうろう》のようなものだった。

工藤兵悟は、私設のボディガードを生業《なりわい》としている。

ビールを半分ほど飲んだころ、ドアが開き、客がやってきた。

「いらっしゃいませ」

亜希子が声をかける。亜希子が出迎え、黒崎が客をさり気なく観察する。黒崎は、一瞥《いちべつ》で驚くほど多くのことを探《さぐ》り出す。

危険な客かどうかを見極《きわ》めるのが第一だが、懐《ふところ》具合から酒の好みまでわかってしまうようだった。

工藤が座っている位置は、出入口の真横だった。入ってきた客の横顔を眺めることができる。

「ここに工藤兵悟がいると聞いてやってきたんだが……」

客はユダヤ系の白人だったが、見事な日本語で言った。

「ウォルター……。ウォルター・ジェイコブか……」

工藤が言った。そのときになって、ウォルター・ジェイコブは、初めて工藤のほうを向いた。

「兵悟か。久しぶりだ。変わらんな……」

「いつ、日本にやってきた？」

「私は、もう二年近くこちらにいる。『バックラー警備保障』という会社で、社員の教育係をしている」

「ご同業というわけか。どうして連絡してくれなかった」

「同じことをおまえに言いたいね。ザイールで別れて以来、おまえは音信不通だった。どこにいるか知らなかった。私が日本にやってきて、初めておまえの噂を聞いたというわけだ。ここも電話帳でようやく見つけた。ボディーガードをやっているというのに電話帳に広告も出ていない」

「まあ、何とかやってるさ」

ウォルター・ジェイコブは、工藤と肩を並べて腰を下ろした。彼は場をわきまえて、日本語で会話を進めた。

「何になさいますか？」

亜希子が尋ねた。

「もちろん、ブッシュミルズだ」

ジェイコブではなく、工藤が答えた。亜希子は、ブッシュミルズのオンザロックをふたつ作った。

「お互い、生きていられることに乾杯しよう」

ジェイコブが言った。

「旧交を温《あたた》めに来たわけではなさそうだな？」

工藤が尋ねた。

「スカウトだ」

「おまえがつとめている、何とかいう警備保障会社にか？」

「バックラーだ」

「教育係だと言ったな？　おまえがいれば俺は必要ないように思うが……？」

「そう。単に社員のトレーニングだけなら必要ない」

「どういうことだ？」

「俺がボディーガードを担当することになった。取りあえず、仕事は月極《つきぎ》めだ」

「ボディーガードだっておまえひとりで充分やれる。違うか？」

「相手が問題だ」

「相手？　ガードする相手か？」

「そうじゃない。依頼人を狙《ねら》っている相手だ」

「何者だ？」

「イスラム原理主義の暗殺者だ」

工藤は、ジェイコブの顔を見た。

「おまえの血筋を考えると、穏《おだ》やかな心境では聞けない話だな」

「確かに、ヤコブ家はイスラエルの家柄《いえがら》だ。しかし、俺はアメリカに渡り、それ以来自分の名をヤコブではなく、ジェイコブと発音している」

「すべてのユダヤ人がイスラエルに住むことを夢見ているというのに、変わったやつだ……」

「イスラエルは天国じゃない。そのことを知り尽くしているイスラエル人もいる」

「おまえは、イスラエル人ではなくアメリカ人になったというが、両親がパレスチナ・ゲリラのテロで死んだ事実に変わりはない」

「そうだ」

ジェイコブの表情が固くなった。「だから、同じような犠牲者が出るのが許せないのだ」

「民族的な問題が絡《から》んだ仕事には、手を貸せない。いろいろと面倒なんでな……」

「ビジネスだ」

ジェイコブはきっぱりと言った。「俺は個人的な怨《うら》みで仕事をする気はない」

「単にビジネスであっても、民族や宗教の問題を避けることはできない」

「おまえが手伝ってくれなければ、俺は死ぬことになるかもしれない。他の誰かじゃだめだ。おまえでなければ……」

ジェイコブは言った。

その言葉には、切迫した響きがあった。ジェイコブは心から工藤を信頼しているのだ。工藤にはそれくらいの経歴があった。

彼は、学生時代、一八〇センチ、七五キロの恵まれた体格を生かし、空手競技でそこそこの成績をおさめた。彼は、空手で身を立てようと考えた。

しかし、日本国内では、武道で食べていけるのは、よほど恵まれた者か、本当の天才だけだ。だが、海外ならばチャンスは広がる。日本の武道家が海外で名を売った例は多い。道場の経営も日本よりやりやすいはずだと工藤は考えた。

彼は、有り金をかき集めて、単身ヨーロッパへ渡った。だが、現実は厳《きび》しく、彼は考えが甘かったことを悟《さと》った。食い詰めたあげく、彼は、フランス外人部隊に入隊していた。生きていくのに必死だったのだ。

フランス外人部隊は、八千五百人の兵員で構成されており、約四十人の日本人がいた。工藤はそのひとりとなったのだ。

彼は、まず第四連隊で新兵としての訓練を受けた。第四連隊は、新兵と伍長《ごちょう》候補生のための訓練を担当する。

その後、第二落下傘《らっかさん》部隊に赴任《ふにん》した。第二落下傘部隊は、コルシカ島カルヴィに駐屯《ちゅうとん》し、発令から二十四時間以内に出撃する緊急展開を任務とする。局地戦で真っ先に駆《か》り出される連隊だった。

工藤は、何度かアフリカの紛争地帯にパラシュート降下したことがあった。やがて、彼は、自分の適性に気づいた。硝煙のなかで戦うことが自分に向いていると思いはじめたのだ。

彼は、さまざまな戦功を挙げ、多くのフランス外人部隊の隊員がそうであるように、フリーランスの傭兵《ようへい》となった。紛争地帯を渡り歩き、工藤の才能は充分に発揮され、開花した。

工藤と行動を共にした小隊はけっして死ななかった。彼は、ゲリラ戦を得意とし、仲間から忍者と呼ばれた。やがて、彼は、不死身の伝説を傭兵の間に作り上げた。

ジェイコブは、その不死身の伝説に頼ろうとしているのだった。

「だめだ。俺にはやれない」

工藤は言った。

「なぜだ?」

「相手が悪すぎる。おまえも、そんな仕事は断わるんだ」

「俺に断われって……？」

「そうだ。その依頼人は、イスラム教徒から正式に死刑の宣告を受けたのだろう？」

「そう聞いている」

「だったら、守りきれるもんじゃない。おまえだって知っているだろう。死刑の宣告に時効はない。暗殺団が次々とやってくる。単なる狂信者もいれば、プロもいる。生き延びるためには、ラシュディのように潜伏するしかないんだ」

「そう。さまざまな国からいろいろな暗殺者や暗殺団がやってくるだろうな。しかし、一度私たちを頼ってきた依頼者を見殺しにはできない」

「結果は同じことかもしれん」

「守り通せるさ。おまえが手を貸してくれればな……」

「一生その依頼人のボディーガードをやりつづける気か？」

「安全な場所に身を隠すように説得する。それまでの警護だ」

「依頼人が納得しなかったら？」

「するだろう。依頼人は、イスラム原理主義者のことをよく知っているはずだ。『イスラムの熱い血』という本を書いたライターだ。磯辺良一というのだが、知っているか？」

「名前は知っている。本が話題になったからな。しかし、本当にイスラム教徒のことを知っているかどうかは疑問だ。その本がもとで死刑の宣告をされたのだろう？」

「そうらしい」

「つまり、イスラム教徒のことを本当に理解していないからそういうことになったのだ」

「そうなのかもしれないが、私はそういう議論をするつもりはない。私はこの仕事を引き受けるつもりだし、そのためにはおまえの助けがいる」

「ウォルター……」

工藤は、彼のほうを見ないで小さくかぶりを振った。「俺はもう以前の俺じゃない。イスラムのテロ組織相手では自信がないんだ……」

「あまりうまくない言い訳だ。おまえが、自信がないだって……？」

「本当なんだ、ウォルター」

工藤はそれ以上は何も言おうとしなかった。ジェイコブはしばらく工藤を見つめていた。

やがて、ジェイコブは、ウイスキーを飲み干《ほ》し、静かにグラスを置いた。

工藤はジェイコブの眼を見なかった。

「また来る。考えておいてくれ」

「何度来ても、返事は同じだ。相手が悪すぎる」

ジェイコブは出ていった。

黒崎がグラスを下げるために近づいてきた。彼は、たいへん珍しいことに、今の出来事に対する自分の感想を言った。

「正しい返事だ。ようやく大人の対応ができるようになったようだな」

「年を取ったのかもしれない」

「三十代の半《なか》ばで、年だって……？」

「戦いというのはそういうもんだよ」

　予告どおり、翌日の夕方、ウォルター・ジェイコブは、再度『ミスティー』を訪れた。彼は、ひとりではなかった。

　工藤は奥の部屋におり、水木亜希子が呼びに行った。

「ジェイコブが来たわ」

「昨日の話なら、返事は変わらないと言ってやってくれ」

「連れがいるの」

「連れ……？　どんなやつだ？」

「中年。日焼けしているわ。精力的なタイプで、扱いにくそう。派手なネクタイをしている」

「わかった。すぐ行くと言ってくれ」

　工藤がバーに顔を出すと、ジェイコブが隣の男を紹介した。

「依頼人の磯辺良一さんだ」

　ジェイコブと磯辺は、バー・カウンターに向かって座っていたが、工藤は立ったままだった。

「その人を連れてきたのはどういうわけだ？」

工藤は尋ねた。

ジェイコブではなく、磯辺が答えた。

「話を聞いて、私が来たいと言ったのだ」

「話を聞いた……？　ジェイコブ。おまえがつとめている会社は、スカウトのような内部事情まで平気で依頼人に話すのか？」

「おまえのことは特別だよ。磯辺さんは、あんたの噂を知っていた」

「ほう……」

「ナイジェリアであんたの噂を聞いた」

磯辺は言った。「海外の紛争地帯で傭兵として戦っている日本人は、何人かいる。だが、君は特別のようだ。伝説を作った日本人はごく稀《まれ》だ。私は君に興味を持った。そして、ぜひ、私のボディーガードを引き受けてもらいたいと思ったのだ」

「俺は、ウォルターにも言ったが、あんたを守る自信がない」

「噂を聞くとそうは思えんな。現在、日本で君を超《こ》える人材はいない。その点では、このジェイコブと私の意見は一致している」

「そんなことはない。若くて体力があり、頭が働くやつはいくらでもいる」

「だが、幾多の戦場から、生還した日本人は滅多にいない」

「あんたは、ボディーガードなど雇うよりも、どこか安全な場所を探して潜伏すべきだ。ラシュディもそうしているし、ナスリンもスウェーデンに行った」

「私はジャーナリストだ。私の身辺にどんなことが起こるかを世間に知らせる義務がある」

「義務？　功名心の間違いではないのか？」

「私を怒らせて、手を引こうとしているのか？　それならば無駄なことだ。私は我慢強いほうでね……。それに君の言っていることは間違いではない。私の場合、義務と功名心が一致している」

「原理主義者だけでなく、イスラム教徒に日本人の常識は通用しない。彼らは誇りを何より大切にする。命よりもだ。われわれが考えている言論の自由という概念も通用しない。彼らが考えている自由は、アラーの神に許された自由なのだ」

「わかっている。だから、君のような一流の人間を雇いたいんだ」

「相手が悪すぎる。俺にはあんたを守ることはできそうにない」

「あんたが、唯一失敗した作戦は、イスラム・ゲリラが相手だったということだな……？」

「どうかな……。覚えていない」

「それは嘘《うそ》だな。一九八四年のことだ。君はフランス軍の一員としてチャドにいた。そこで、君は、一個小隊を全滅させてしまった。そうだろう？」

「そうだったかもしれない」

「私の取材力を見くびってはいけない。それくらいのことはすぐに調べられる。傭兵の知り合いも何人かいるのでね。国際電話を何本かかければわかることだ。君が私の依頼を断わるのは、その作戦のことがあるからではないのかね？　つまり、君は、イスラム・ゲリラを恐れているのだ」

「そう。俺は恐れている。それは悪いことではない。彼らは信義のために戦う。信じるものがある人間は強いものだ」

「君は自分を信じればいい」

「できないな……」

工藤は、ジェイコブを見た。ジェイコブはだまって、工藤と磯辺のやりとりを聞いていた。

工藤は、言った。

「この人に俺を説得させようなんていうのは、筋違いだ」

ジェイコブは肩をすぼめた。

磯辺をここに連れてきたのは、ジェイコブのアイディアでないことは明らかだった。磯辺が強硬に主張したのだろうと工藤は思った。磯辺は自分が説得すれば何事もうまくいくと信じている類《たぐい》の男に見えた。

工藤は、もはや、磯辺と話す気をなくしていた。彼は、ジェイコブに言った。

「この人を連れて帰ってくれ」

工藤は返事を聞かぬうちに、奥の部屋へ戻った。

3 襲 撃

「どこかに避難しないのなら、せめて、自宅から出ないようにしてもらいたいですね」

ジェイコブは、出掛けようとしている磯辺に言った。

磯辺は、脅迫のことを話し、妻と子供を妻の実家に避難させていた。だが、彼自身は、仕事場である自宅を動こうとせず、今日も出掛けようとしていた。

彼の仕事場の外には二名のボディーガードがいた。『バックラー警備保障』の社員で、ジェイコブが直接訓練した者たちだった。ジェイコブは、信頼できるボディーガードだけをこの仕事に選んでいた。二名のボディーガードは三交替制で二十四時間付くことになっている。

今、彼は、書斎で、外出の用意をしている磯辺に抗議しているのだった。

磯辺は、アタッシェ・ケースに書類を詰めながら答えた。

「PENクラブ人権委員会の会合だ。私は、人権委員会のメンバーなのだ。この会合にはぜひとも出席したい」

「私たちの指示に従っていただかないと、責任を持ちかねますよ」

「いいかね。生きるということは、やるべきことをやっている状態のことだ。これまでの生き方を変えて、ひっそりと生きていても意味はない。私は、死ぬまで私の生き方を貫《つらぬ》き通すつもりだ」

「やるべきことをやる期間が、この先、ひどく短くなるかもしれません」

磯辺は、手を止めて、ジェイコブを見た。彼は、眼をそらすと、アタッシェ・ケースを閉じた。

「そういうことのないように、高い金を払っているんだ。もっとも、半分は、出版社に出してもらっているがな……。私がこれから行くのは、日本PENクラブの事務局だ。まさか、イスラム教徒の過激派でも国際組織であるPENクラブの事務局を襲ったりはしないだろう」

「だといいのですが……」

「それに、私が人権委員会の委員をやっていることが、私自身を助けるかもしれない。私は今の立場を人権委員会で報告する。国際PENが私を助けるために動きだしてくれるかもしれない」

「動いたとしても、アピールを出すにとどまるでしょう。PENクラブには、残念ながら、テロを実力で阻止する力も権限もありません」

「国際PENのアピールが、世界の世論を動かすだろう」

「私は、そういう先の可能性より、目の前の危機に関心があるのです」

「君たちが用意した車でまっすぐ、日本PENクラブの事務局へ行く。会議が終わったら、まっすぐここに帰ってくる」

「それでも、充分な注意とは言えません」

「ここにいて、襲撃されたり、爆弾を仕掛けたりされたら、同じことだろう」

「この家に関しては、地の利があります。私たちは、この家の内外を徹底的に調査しました。周囲の地形や、部屋の構成、配管まで頭に入っています。そして、日に何度か周囲をチェックします。しかし、別の場所に移動すると、そういう配慮が行き届かなくなります」

「言いたいことはわかる。しかし、私にもやらなければならないことがある。脅迫に屈して、家に閉じこもっているわけにはいかない」

ジェイコブは、溜息《ためいき》をついた。

ただでさえ厄介《やっかい》な敵なのだ。依頼人の協力がなければ守りきることはできない。しかし、依頼人の意見を無視して軟禁することもできない。

ジェイコブは、ボディーガードのひとりに車の用意をさせた。磯辺は運転をしないので、『バックラー警備保障』から一台、護衛用の車を持ってきていた。黒のクラウンだった。

ボディーガードのひとりが運転をする。ジェイコブともうひとりのボディーガードが、後部座席に、磯辺をはさむ形で乗り込んだ。

こうすると、依頼人が最も座り心地《ごこち》の悪い、後部座席の真ん中に座ることになるが、安全を考えればしかたがない。

午後零時三十分に車は、磯辺の家を出た。

会議が終わったのが五時だった。

磯辺は、ジェイコブとふたりのボディーガードに周囲を囲まれたままビルの裏口から出た。赤坂《あかさか》九丁目にあるこのビルは、裏口を出たところが駐車場になっている。

黒塗りのクラウンはそこに駐《と》めてあった。さきほどとまったく同じように乗り込み、クラウンは発車した。

帰路は、来るときとは別の道を通るようにした。さらに、ジェイコブは、しきりに後ろを振り返り、尾《つ》けてくる車がないか確かめた。運転手役のボディーガードは、まずまずの道を選択していた。できるかぎり裏通りは走らない。

来るときは青山《あおやま》通りを使い、帰りは六本木《ろっぽんぎ》通りを使った。

黒塗りの車は、磯辺の自宅の前までやってきた。

「やれやれ、ようやくわが家にたどりついたか……」

車が停《と》まっても、ジェイコブは降りようとしなかった。

「どうしたんだ?」

磯辺が尋ねた。

「家のなかの様子を調べます」

ジェイコブが答えると、運転していたボディーガードがひとり降りて家のなかに入っていった。

その時だった。磯辺たちが乗っているクラウンの正面からバンが近づいてきた。窓に黒いフィルムを張った小型のバンだった。

ジェイコブは緊張した。

道は狭い。バンは、駐車しているクラウンをよけるようにして通りすぎるかに見えた。

しかし、バンは、クラウンの横で停まった。

しまった、とジェイコブは思った。バンがぴったりとくっついて駐車したため、ジェイコブが座っている側のドアを封じられてしまった。

バンのスライドドアは、ジェイコブから見て向こう側にある。そのドアが開いたようだった。三人の男がバンとクラウンを回るようにしてジェイコブと反対側のドアに手を掛けた。

そちら側に座っていたボディーガードはドアのロックを確認した。

バンから出てきた男たちは三人とも目出し帽を被《かぶ》っていた。しかし、明らかに日本人でないことがわかった。さらに面倒なことに、彼らは拳銃《けんじゅう》を持っていた。コルト・ガバメントだった。装弾数は少ないが、四五口径の強力な自動拳銃だ。

ドアがロックされていても、彼らはけっして慌《あわ》てなかった。

ひとりが銃のグリップを窓ガラスに何度か叩《たた》きつけた。窓は防弾ガラスではなく、意外に呆気《あっけ》なく割れた。

目出し帽の男は、窓から手を差し入れてドアのロックを解除しようとした。ボディーガードがそれを阻止すべく抗《あらが》った。

　磯辺が叫んでいた。

「何だ、貴様らは!」

　ジェイコブは、その磯辺をシートに押しつけ、身を低くさせようとした。その上に自分の上体をかぶせる。

　目出し帽の男は、手を引き抜いた。その手がガラスで切れていた。もみ合ったせいだった。車の窓ガラスは、小さな直方体に割れ、普通のガラスほど危険ではないが、それでも切れることは切れる。

　目出し帽の男は、無造作《むぞうさ》にガバメントを構えた。

「危ない!」

　ジェイコブは、叫んだ。部下のボディーガードは、完全に無抵抗だった。車のなかだから逃げる場所はない。

　男は、撃《う》った。鼓膜を突き刺すような銃声が連続して二度聞こえた。男は、二連射したのだ。相手を確実に倒すためのプロの撃ち方だ。

　部下の体はシートの上で跳《は》ね上がり、ぐったりと動かなくなった。

　目出し帽の男は、難なくドアを開けた。まず撃たれたボディーガードを引きずり出し、路上に投げ出すと、ふたりがかりで磯辺を引き出そうとした。

　ジェイコブは、磯辺の体を乗り越えて阻止しようとしたが銃を突きつけられて動けなくなった。

この銃が脅しでないことは、すでに明らかだった。部下がひとり撃たれているのだ。

「何をするんだ。おい、やめんか……」

磯辺はわめいた。

ふたりは、磯辺を車から引き出し、抱《かか》え上げた。そのまま、バンの向こう側に消える。ドアから磯辺を放り込み、乗り込んだようだった。

ひとりが残って、ジェイコブに銃を向けていた。家のなかの様子を見に行っていたもうひとりのボディーガードが戻ってきた。

そのボディーガードは、異変に気づき、ひとり立っていた目出し帽の男に飛び掛かろうとした。

目出し帽の男は、振り返りざまに撃った。ボディーガードは、後方に吹っ飛んだ。四五口径の着弾のエネルギーはすさまじかった。ボディーガードはもんどり打って倒れ、そのまま動かなくなった。

バンが動きはじめた。ひとり残っていた目出し帽の男が駆け足でそれを追った。男が、脇のスライドドアから乗り込むと、バンは急にスピードを上げ、走り去った。

ジェイコブは、部下の様子を見た。最初に撃たれたボディーガードはすでに息がなかった。

もうひとりは、意識はないが生きていた。ジェイコブは、携帯電話で、救急車を呼んだ。

そして、その次に警察ではなく、会社に電話をした。

「脅迫があった事実を警察に知らせなかったのはどういう訳ですか?」

『バックラー警備保障』の社長室で、刑事が言った。ふたりの刑事のうち、質問しているのは年嵩《としかさ》の刑事のほうだった。

　社長の渡会俊彦とウォルター・ジェイコブが事情聴取を受けている。刑事とジェイコブたちは、応接セットに向かい合って座っていた。

「それは、当社の問題ではありません。磯辺氏の問題でしょう。しかし、想像はつきますね」

「どういうことです?」

「イスラム過激派から電話で脅迫があった――そういう通報があった場合の警察の動き方の問題でしょう」

「つまり、警察を信用していなかったと……?」

「そうかもしれません。警察は、国内の犯罪捜査に関しては世界に誇る実績をお持ちだ。しかし、国際紛争に関してどれくらいの判断ができるか疑問が残るのではないでしょうか?」

「認識を改めるんだね。警視庁には、国際問題の専門部署もあるのです」

「警視庁で言う国際問題というのは、主に共産国のスパイのことでしょう。おそろしく時代後れのような気がしますが……」

「おい、警察をなめるなよ……」

刑事は、いきなり凄《すご》みはじめた。「だいたい、おまえら、何の権限もないくせに、警備だ保障だと言ってること自体許せないんだよ」

「私たちは、警察の手の届かない部分で、市民の役に立っていると自負しています。警察が民間人のボディーガードをやるわけにはいかないでしょう」

「犯罪を阻止することはできる。知らせを受けていればパトロールを強化し、誘拐を防げたかもしれない。磯辺という男を保護することもできた」

「磯辺氏が保護に応じたかどうか疑問ですね」

「強制的にでも保護したさ」

「それは、逮捕監禁と同じことです」

「死ぬよりはいいだろう？」

「象徴的ですね。そのように警察は市民の日常生活という点をあまり考慮なさらない。私たちは、市民生活を守るために働いているのです」

「犯人を検挙することが市民生活を守ることにつながるんだよ」

「今回のケースでは、犯人を検挙できたかどうか疑問ですね。慣例から言えば、電話で脅迫をした連中は刑法犯とは言いがたい。もちろん、脅迫は刑法犯ですが、脅迫の事実が立証できないかぎり警察は動こうとしないでしょう。文筆家への電話の嫌《いや》がらせにいちいち付き合っていられないというのが警察のいつわらざる気持ちでしょう。違いますか？」

「誘拐事件なんだ。事《こと》の重大さがわかっているのか」

「私たちははじめからわかっていました。あなたたちは、誘拐が起こってから事の重大さに気づいたに過ぎません」

「そういう口をきいているとためにならんぞ。こういう職業だ。叩けば埃《ほこり》くらい出るだろう？　おまえたちの権限をすべて奪うことくらい警察には簡単なことなんだよ」

「やってごらんなさい。こちらは、法を楯《たて》に戦いますよ」

「だいたい、警備保障など、全面的に警察に任《まか》せておけばいいんだ」

「銃があれば、誘拐は未然に防げた」

それまで、ずっと沈黙を守っていたジェイコブが言った。ふたりの刑事は、さっとジェイコブのほうを見た。

「ふざけるな。銃を持たせろだと？　毛唐《けとう》は黙ってろ。日本のことに口を出すな」

「その発言は取り消していただきたいですな」

社長の渡会は刑事を見据《す》えて言った。刑事は自分が失礼なことを言ったという自覚もないようだった。

普段は理性的で寡黙《かもく》なジェイコブが、怒りに眼を光らせて言った。

「銃を規制すると言いながら、日本国内には銃が溢《あふ》れている。ヤクザは皆銃を持っている。犯罪者も銃を簡単に手に入れることができる。事実上、銃を規制されているのは、弱い一般市民だけなんだ。そして、警察は、規制しやすい一般市民だけを銃刀法違反で取り締まる。暴力団の事務所に関しては、形式的に家宅捜索を行ない、暴力団員が差し出す一挺《ちょう》か二挺の拳銃を押収して、警察と暴力団の双方の面子《メンツ》を立てるに過ぎない」

「毛唐は黙ってろと言ったはずだ」

「誘拐犯たちは、三人とも銃で武装していた。コルトのガバメントを持っていた。強力なハンドガンだ。銃を持っていない私たちは、どうすることもできなかった」

さきほどから無言でやりとりを聞いている若い刑事が、ノートにさっとメモを取った。ようやく記録すべき事柄を聞けたという態度だった。

「誘拐犯は三人だったのだな？」

刑事は不毛な議論に終止符を打つつもりになったようだった。ジェイコブを睨《にら》みつけ、そう念を押した。

ジェイコブはいつもの冷静さを取り戻し、答えた。

「私は三人、確認した。もうひとり、いたかもしれない。車を運転していた者が……。その点は確認していない」

「その三人の人相風体《にんそうふうてい》は？」

「三人とも覆面をしていた。だが、日本人ではないような印象を受けた。彼らは終始無言だった。行動は迅速で、見事に連携《れんけい》されていた。最初に撃った男は、二連射した。次に撃った男も、振り向きざまに一発で命中させた」

「順を追って、起こったことを話すんだ」

ジェイコブは、きわめて正確に起こったことを説明した。

「……ずいぶん、克明に覚えているんだな……。目の前で発砲騒ぎがあったというのに……」

「別に珍しいことじゃない。冷静でなければ、戦場からは生きて帰れない」

それを聞いたとき、刑事は、改めて、ジェイコブの顔を見つめた。まるで、ジェイコブがそこにいることに初めて気づいたような表情だった。

「銃刀法の話を持ち出したのはまずかったな……」

刑事が去ると、社長の渡会はジェイコブに言った。「銃のことに関しては警察も苛立《いらだ》っているんだ」

「そうだな……。だが、こちらも、部下をひとり殺され、もうひとりは重体だ。頭に血がのぼってしまった」

「気持ちはわかるよ。しかし、君まで私の青臭さに付き合う必要はないんだ」

「アオクササ……？」

「若者のように振る舞うことさ。私は、警察の役人根性が好きではない。優秀な警察官もいるし、警察の捜査能力には驚くべきものがある。しかし、それを官僚主義や特権意識がすべて台無しにしている」

「ボスのやり方は正しいと信じている」

「だが、そうでもないことは、私が自覚している。多くの警備保障会社は、警察官僚の天下《あまくだ》りを受け入れている。警察OBを味方に付けておいたほうが何かと便利だからな。警察のお偉《えら》方や、付き合いのある刑事に付け届けをする会社もある。日本という国はそういうシステムで出来上がっているのさ」

「そういうシステムが有効に作用しなくなってきていることに気づかないのか?」

「作用しなくなりつつあるが、作用している部分がまだまだ大きいのさ。警察は全国を網羅《もうら》している。そして、日本全国の大部分には、古くからの因習が残っている。都市だけの論理では割り切れない」

「ところで、磯辺氏の契約は、誘拐された時点で切れてしまったのか?」

「いや。私はそうは考えていない」

「警察にすべてを委《ゆだ》ねたわけではないのだな?」

「契約は継続中だ」

「では、警護作戦を救出作戦に切り換えなければならない」

「やれるか?」

「やってみる」

「私は、共同の依頼人である『公英社』に連絡を取ってみるか……」

「さっそく、準備にかかる」

ジェイコブは、足早に社長室を出ていった。

4　身代金《みのしろきん》

『公英社』はダイヤルインで、外線が直接各部署につながる。編集部にいきなり、「社長につなげ」という電話が入り、編集者は、うんざりとした表情になった。いたずら電話か圧力団体の脅しだと思ったのだ。出版社には、この類《たぐい》の電話がかなり頻繁にかかってくる。特に『イスラムの熱い血』を出版してから多くなっていた。

電話を受けた編集者は、答えた。

「どんなご用件でしょうか？」

「社長に伝える」

「私が承《うけたまわ》ります」

「われわれは代表者としか話をしない」

「ご用件をうかがわないかぎり、社長にはつなげません」

「私は、『イスラム聖戦革命機構』の代理人だ。『イスラム聖戦革命機構』は磯辺良一を逮捕した。現在監禁中だ。神の名における公正な裁きのために、百万ドルが必要だ」

「何のことだ……」

編集者は、ゲラ刷《ず》りに、赤鉛筆で印刷の指定をしながら言った。イスラムの組織を名乗りながら、相手は日本語で話している。外国人訛《なま》りのない日本語だ。本気で相手をしていられないと考えたのだ。

「百万ドルがあれば、磯辺良一を釈放することもできる」

「百万ドルというと約一億円か……。大金だな……」

「社長に伝えろ。また電話する。警察に電話しても無駄だ。私たちは、日本の法律とは別の法律で磯辺良一を裁くからだ」

電話が切れた。

編集者は、受話器を置いて、ふと考えた。編集長に一応報告すべきかどうか迷ったのだ。磯辺良一が誘拐されたなどという話は聞いていない。単なるいたずらとしか思えない。しかし、万が一ということがある。

そのとき、編集部に二人組の男が入ってきた。その男たちは、編集長の机に近づいた。電話を受けた編集者は、何事かとその様子を見ていた。

ふたりの男は、手帳を出して見せた。黒い光沢《こうたく》のある表紙の手帳。警察手帳に間違いなかった。編集者は、眉《まゆ》をひそめた。

「磯辺良一さんが誘拐された?」

そう訊《き》き返す編集長の声が聞こえた。

その瞬間に、電話を受けた編集者は、飛び上がり、編集長の机に駆けつけた。

ジェイコブが『ミスティー』を訪ねたとき、工藤は、いつものようにカウンターの隅《すみ》にいた。ジェイコブは、すでにそこが工藤の指定席であることに気づいていた。カウンターに向かい、背中側が壁になる場所は、そこしかなかった。

ジェイコブは、店に入るとすぐに左側を見た。そこに工藤を見つけ、彼は日本語で言った。

「磯辺良一が誘拐された」

「誘拐……？」

工藤は、つぶやいた。

黒崎と亜希子がさっと工藤のほうを見た。黒崎は、驚いたというよりも、工藤の反応を探るのが目的のようだった。

「つい、さきほどのことだ。敵は銃で武装していた。ガバメントを持っていた。『バックラー警備保障』の社員がひとり殺され、ひとり重傷を負った」

亜希子が手を止めてジェイコブの顔を見つめた。黒崎もジェイコブのほうは見なかったが、耳を澄《す》ましているのがわかった。

工藤が尋ねた。

「おまえがついていながら……」

「敵は銃を持っていた。こちらは持っていなかった。この違いは大きい」

「しかし、妙だな……。磯辺良一は処刑されたのではないのだな？」

「誘拐された。さきほど、『イスラムの熱い血』を出した出版社に、百万ドルを要求する電話があった。『イスラム聖戦革命機構』と名乗ったらしい」

「イスラム過激派なら、誘拐などせずに、その場で処刑したはずだ」

「問題はそこだよ」

「犯人はイスラム過激派ではないということか？」

「最初から営利誘拐を企《たくら》んでいたのではないかと、私は考えはじめている」

「イスラム過激派というのは、嘘《うそ》っぱちだと……？」

「連中は無闇に死刑を宣告するわけではないのだ。例《たと》えば、シーア派で死刑宣告を決定するのは、護憲評議会と呼ばれる議決機関だ。ラシュディに対する死刑宣告もこの護憲評議会でイスラム法に従って話し合われた結果のことだ。この死刑宣告は通常、イスラム教徒に対して下される。イスラム法に従う者はイスラム教徒だけだから当然だ。ラシュディもイスラム教徒だった。第二のラシュディと言われたタスリマ・ナスリンもイスラム教徒だ。磯辺良一はイスラム教徒ではない。護憲評議会が死刑を宣告するのはおかしい。私は、そういう事実はなかったと思っている」

「なるほど、おまえはイスラム教徒については詳しい。先祖代々、イスラム教徒に囲まれて暮らしてきたのだからな……。ならば、ラシュディの『悪魔の詩《うた》』を翻訳した日本人が殺されたのはなぜだ？　彼はムスリムではなかったはずだ」

「『悪魔の詩』の訳者を殺した犯人は明らかになっていない。イスラム教徒がやったとは限らない」

工藤はジェイコブの顔を見つめた。

「思いあまったパキスタン人のイスラム教徒がパーティーの席上で磯辺良一を襲撃した。そのニュースを見た誰かが、死刑宣告の狂言を思いついた。そういうことか？」

「私はそうだと考えている」

「オーケイ。それは納得しよう。それで、おまえは、ここへ何しに来たのだ？」

「同じことを言いに来た。手伝ってくれ」

「依頼人は誘拐されてしまった。おまえたちは、任務に失敗したということだろう？」

「うちのボスは、契約はまだ有効だと考えている。護衛作戦は、救出作戦に変更になった」

「救出作戦だと……」

工藤は、ジェイコブを睨《にら》んだ。「ばかを言え。警察に任せるしかないんだ」

「誘拐を実行したのは三人。いずれも日本人ではない。プロだった。おそらく軍隊経験者で戦いに慣れている。日本の警察には任せておけない。彼らは武装しているんだ」

「だったらなおさらだ。俺もおまえも銃を持っていない。どうしようもない」

「銃ならなんとかする」

「俺を犯罪者にしようというのか？」

「俺の信念では、正しいことを行なう者は犯罪者ではない。正しいと信じていることを、臆病《おくびょう》ゆえに実行できない者のほうが犯罪者なのではないのか？」

「いいか？　誘拐となると報道規制を敷《し》くかもしれない。情報は警察が独占してしまうんだ。民間人は動きようがない」

「『バックラー警備保障』は、磯辺良一本人と同時に『公英社』とも契約を結んでいる。情報は『公英社』から得る」

「だめだ。成功する確率は少ない」

「私は、依頼人を死なせるわけにはいかない。日本の警察は、誘拐事件があると、犯人を説得しようとする。相手が日本人の場合はそれが最良の方法だったのだろう。だが、外国人は事情が違う。命に対する価値観が違う。一般的に、日本人は、殺人を嫌う。犯罪者でも同様だ。しかし、比較的簡単に人を殺す民族もいる。異教徒を同じ人間と思っていない場合もある。戦争だと思っている場合もある。今回はおそらくその両方の要素がある。相手は磯辺良一のことを異教徒だと思っているし、戦争を挑《いど》んでいるようなつもりでいるはずだ。日本の警察とは根本から考え方が違っている。そのために、警察は後手《ごて》に回るだろう。手遅れになる恐れがある」

「おまえの会社の社員は、おまえが指導したのだろう。優秀な者もいるはずだ」

「確かに……。しかし、訓練で優秀なのと、実戦で優秀なのは違う。『バックラー警備保障』に実戦経験を積んだ者はいない」

「俺は、もうポンコツなんだよ」

「救出作戦が恐ろしいのか？」

工藤の表情に緊張が走った。彼は挑発されたような気がしたのだ。しかし、ジェイコブは挑発したのではなかった。その表情がそれを物語っている。

ジェイコブの表情は穏やかで、その眼は優《やさ》しくさえあった。

工藤は何も言わずに、眼をそらした。ジェイコブが言った。

「磯辺良一が言ったチャドの救出作戦のことは俺も聞いている」

「おまえが磯辺良一に教えたんじゃないのか？」

「それは違う。彼は、はったりの多い人間のようだが、情報収集力だけは一人前だ。どこかで、おまえの噂《うわさ》を知っている人間を見つけたのだろう。彼は、海外にも情報のネットワークを持っている。おまえは、日本国内より海外で有名だ」

「確かに、俺は救出に間に合わず、一個小隊を全滅させてしまった」

「しかし、兵悟……。それは……」

そのとき、三人連れの客が入ってきた。そろそろ客が集まりはじめる時刻だった。

工藤はそれを潮《しお》に、話を打ち切ることにした。

「俺は手伝えない。俺は単なるボディーガードに過ぎない。そういう仕事はやめたんだ」

「おまえが来てくれないと、私は死ぬことになるかもしれない」

「おまえの問題だ」

ジェイコブは、それ以上、何も言おうとしなかった。彼は、静かにスツールを下り、無言で店を出ていった。

黒崎は、入ってきた客に注文を聞いている。亜希子は、注文に合わせてグラスを選んでいる。彼女は、一瞬だけ工藤のほうを見た。黒崎も亜希子も工藤に声はかけなかった。

何か言ってやれるような問題ではなかった。

工藤は、カウンターを離れて奥の部屋に向かった。


工藤の部屋は、もともと従業員のロッカールーム兼事務所だった。黒崎が『ミスティー』を開く前は、ウェーターやウェートレスを何人か使ったレストランだった。

そのために厨房《ちゆうぼう》にかなりのスペースを割《さ》いていた。黒崎ひとりで店を始めることになり、ロッカールームは厨房の脇《わき》で充分になった。

経理などは、開店前に店のテーブルでやってしまうため、事務所も必要なくなった。その結果、必要なくなった部屋を工藤が借りたのだった。

部屋には、ベッドとかなりくたびれたテーブル、それにタンスがひとつあるだけだった。タンスの上に小さな古いテレビがあった。

ベッドは、病院の払い下げで、フレームのペンキがところどころ剝《は》げ落ちている。

殺風景な部屋だが、意外なほど整理されていた。ベッドはいついかなるときもきちんと整《ととの》っていた。

タンスのなかも整理されている。工藤の兵士としての習慣だった。歩兵は、いつでもベッドから飛び起きて出ていけるように、身辺を整頓しておかなければならない。

工藤は、そうした心得をフランス外人部隊の第四連隊でみっちりとしこまれた。そして、傭兵《ようへい》となった後、各地を転戦して、それが習慣となったのだ。

工藤はベッドに腰を下ろした。

彼は、ジェイコブの言ったことを頭のなかから締め出そうとした。気分を変えるためにテレビのスイッチを入れた。

ゴールデンタイムのバラエティー番組をやっていた。出演者が狂騒的に身振り手振りを入れて会話をしている。目を大きく見開き、大声を出し合っている。一歩引いた気分で見るとたいへん滑稽《こっけい》なのだが、本人たちはまるで気づいていないのだった。

工藤は、チャンネルを次々と変えた。見るべき番組がなかった。だが、テレビを消すのが恐ろしかった。孤独感が襲ってきそうだった。

確かに工藤は、今、ひとりだった。

戦場では、必ず誰かがいた。自分の命令に従い、自分をサポートする何人かの仲間がいた。敵もいた。

敵のおかげで、始終神経が張り詰めていたが、それは、同時に充実感をもたらしてくれた。

今の工藤には、敵も味方もいない。誰もいないということは、自分自身もいないということと同じだった。

ただ暮らしていくならそれもいい。安全な生活。

工藤は、戦場から去っていった仲間が、また戦場に舞い戻る例をいくつも見てきた。自分が日本に戻ったらそうはなるまいと思っていた。工藤は戦いに疲れて帰国したはずだった。

しかし、工藤は、戦場に戻った仲間の気持ちがわかるようになっていた。戦場で自分を見つけた者は、戦場以外では、生きていないも同然なのだ。

硝煙と火薬の臭い。

銃器や爆薬を手にしたときの充実感。

暑さと疲労。

敵と撃ち合うときの恐怖と興奮。

工藤は、戦場で何度も失禁したことがあった。敵の火線《かせん》にさらされ、すぐ近くで次々と迫撃砲の炸裂《さくれつ》が起こる。

そうしたとき、夢中で行動していて、気がつくとズボンのなかがぐしょぐしょに濡《ぬ》れているのだ。

しかし、いつしか、小便も洩らさなくなった。戦場で自分の五体《ごたい》が実感できるようになる。それまでは、ふわふわと自分の体がどこにあるかわからないような状態だった。

戦場で自分の存在が明らかになると、力が抜けて行動が的確になってくる。戦いの流れも見えてくる。そのとき、初めて工藤は、自分が戦士になったのだと思った。

反面、平穏な日常では、自分の居場所《い》がないような気分になってくるのだ。疲れ果てて、戦場から引き揚げてくる。だが、平和な日が続くとまた戦場に戻りたくなるのだ。

ジェイコブは、そういう気分を工藤に思い出させてしまった。

同時に、それは、現在の孤独を思い出させたということだった。戦っているとき、工藤はさまざまな絆《きずな》に囲まれていた。戦場から離れたとき、工藤は常に孤独だった。

高度成長時代のサラリーマンが、会社を離れたとたん、何をしていいかわからないのと似ているかもしれない。男というのは、不器用な生き物だ。

自分を認めてくれる世界しか認めることはできない。工藤を認めてくれるのは、戦いの世界でしかなかった。

(救出作戦か……)

工藤は思った。

救出作戦は、あらゆる作戦のなかでも困難な部類に属する。

彼は、思い出すまいとしたが、一九八四年のチャドを思い出してしまった。

チャドは、一九五八年にフランス共同体のひとつの共和国となり、一九六〇年に正式に独立した。独立直後から、南部に住むサラ族と北部のイスラム系住民との抗争が絶えず、ついに、七〇年代に本格的な内戦状態になった。現在でも政情は不安定だ。

チャド内戦では、フランス軍も投入され、また、多くの傭兵が戦った。

工藤は政府軍の側につき、フランス軍指揮下で戦った。

あるとき、味方の一小隊が孤立した。敵の攻撃が激しくなり、前線司令部は撤退を決定した。

工藤は、頼りになるメンバーをわずか三名だけ連れて、敵の攻撃のなか、孤立した部隊を救援に向かった。

そのときの光景ははっきりと覚えていた。丘を越えれば小隊が駐屯している村だった。丘の向こうから煙が上がっていた。

工藤は、祈った。小隊が無事でいてくれることを。だが、近づくにつれそれは望めないことがわかってきた。

丘の上に出たとたん、工藤は絶望した。村はすでに焼き払われていた。焼け落ちた村の建物からまだ煙が出ている。

工藤は、小隊が逃げ延びていてくれないものかと、かすかな望みを抱いて村に下りた。惨状が眼に飛び込んできた。

撃ち殺され、あるいは迫撃砲の爆破で吹き飛ばされた仲間たち。誰のものかわからない手首や脚も落ちている。

真っ黒に焼け焦《こ》げた死体もあった。

村人はすでに避難していた。空《から》になった村を収用して駐屯基地にしていたのだ。村人の犠牲者がいなかったのは幸いだった。しかし、その事実も工藤の救いにはならなかった。工藤は絶望と敗北感にうちひしがれていた。

小隊の孤立、全滅というのは戦争ではよくあることだ。それは工藤も承知していた。しかし、もし、自分がもう少し早くたどりついていたら、何とかできたかもしれないという思いが彼を責め苛《さいな》んだのだった。

（いやなことを思い出した……）

工藤は、心のなかでつぶやき、ベッドに転がった。

（ジェイコブは、救出に行くのだろうな……）

彼は、部下を連れて戦いを挑むつもりだ。人質を無事解放させて、誘拐犯を逮捕するという警察の方針より、ジェイコブの考え方のほうが正しいだろうと、工藤は思った。

相手は、プロだとジェイコブは言った。彼が言うのだから間違いはないだろう。だとしたら、相手は、テロのつもりなのだ。あるいは、本当に戦争のつもりでいるかもしれない。

そんな相手を説得しようとしたり、逮捕しようとしても無駄だ。こちらも戦いを挑む気持ちで掛からなければならない。プロが相手なら、それなりのやり方が必要だ。『バックラー警備保障』の社員が何人か犠牲になるかもしれない。警察官も犠牲になる可能性もある。

（だが、俺に何ができる）

工藤は、起き上がった。心がざわついて、ひどく落ち着かない気分だった。彼は、気分が高揚しているのに気づいて驚いた。まるで、戦いに出る前のような気分だった。

彼は、声に出してもう一度つぶやいた。

「俺に、何ができる……」

5 超法規

『公英社』の役員会議室に刑事が四人来ていた。会議室の電話に外部モニターとテープレコーダを取り付け、誘拐犯人からの電話を待っている。

役員会議室には、圧力団体などに対処する責任を負っている総務担当重役と、総務部長、そして、『イスラムの熱い血』の担当編集者がいた。

総務担当重役の名は、麻生治《あそうおさむ》。役職は常務取締役だ。髪が薄く精力的な感じがする初老の男だった。

総務部長は、福島貞彦《ふくしまさだひこ》といい、白髪で恰幅《かっぷく》のいい男だった。

『イスラムの熱い血』を担当したのは、まだ三十代前半の若い編集者だった。江木譲一《じょういち》というこの編集者は、情熱家で、やり手だったが、その分勢いあまって失敗することもあった。

担当重役の麻生治常務は、刑事のひとりに言った。

「なぜ、わが社で電話を待つのだ？　磯辺良一氏のご自宅のほうはどうなっている？」

刑事が答えた。

「もちろん、ご自宅にも警察官は行っております。それに、ご家族がおいでになる、奥さんのご実家のほうにもね……。しかし、犯人は、ご家族にはまったく接触していない。連絡があったのは、この会社だけなのですよ」

四人の刑事は、所轄《しょかつ》署の刑事だった。合同捜査本部が設置され、そこに駆り出された刑事たちだ。

「犯人は、日本の出版社と著者の関係をよく理解していないようだね……」

「どういうことです？」

「著者の身代金《みのしろきん》を出版社に要求してくるなど、筋違いだということだ」

「出版社は、身代金など用意しない、と……？」

「当然だ。いいかね、著者との関係は、一件ずつの契約だ。芸能人とプロダクションの関係とは違うのだ。著者は出版社に所属しているわけではない。圧力団体の抗議などは、とりあえず出版社で受けるが、著者への実害に関しては責任はない」

「でも、おたくでは、脅迫があったあと、磯辺良一氏にボディーガードを付けましたね……」

麻生常務は、福島総務部長に尋ねた。福島部長は答えた。

「そうなのか？」

「本人から要請があったのですよ。異例のことでしたがね……。ヒットメーカーでもあるし、今後のお付き合いのこともある。編集局のほうで決裁しました。だが、全額を負担したわけではありません。半分を負担したのです」

「いくらだ?」

「総額二百万円のうちの半分です。当初、警備保障会社では、三百万の見積もりを持ってきたのですが、磯辺さんがコネをつかって二百万まで下げさせたそうです」

麻生常務は刑事を見て言った。

「これは特別な例だよ。つまり、百万支払っても磯辺氏と付き合いたいという会社のぎりぎりの判断だ。身代金となると、また話は別になる」

「どんな企業だって、即座に一億円という大金など用意できないことはわかっています。現在、本庁のほうで銀行に掛け合っています」

「それで、犯人から電話があったら、なるべく話を引き延ばせばいいのだったな」

「そうです。どんな内容でもいい。相手は身代金を要求してきた。身代金が取れなければ苦労が水の泡になるのです。その点を考慮してください」

「金は出せないと言って、交渉に持ち込めばいいわけだ」

「そう。営利誘拐の場合、犯人は金を第一に考えます」

「当然だろうな……」

会議室のドアがノックされた。顔を出した社員が磯辺良一担当編集者の江木譲一に眼で合図を送った。

江木譲一は、立ち上がり、ドアに近づいた。

「何だ?」

「お客さん」

「誰だ?」

江木譲一を呼びに来た社員は、刑事のほうを見て、意味ありげな顔をした。江木は、麻生常務たちに、一言《ひとこと》断わって、ドアの外に出た。

「誰なんだ?」

「『バックラー警備保障』の人だ。刑事と鉢合《はちあ》わせすると何かと面倒なんじゃないかと思ってね……」

「なるほど……」

『バックラー警備保障』の社長、渡会俊彦とウォルター・ジェイコブが江木を待っていた。彼らは、編集部の隅の応接セットに座っていた。江木を見るとふたりは立ち上がった。

「どうぞ、お座りください」

ふたりを席に着かせると、江木はその正面に腰を下ろした。

「ご用件は?」

渡会が言った。

「私たちは、まだ契約が有効であると信じています」

「あなたたちは、護衛に失敗したのですよ。契約もへったくれもないでしょう。あなたたちは、契約を果たせなかった。わが社が契約金の返済を要求したのは当然のことでしょう。返済に応じない場合は、内容証明付きの督促状《とくそくじょう》を送りつけますよ」

元来、江木は攻撃的な男だった。口調の厳しさはそれを物語っている。

渡会社長は、あくまでも穏やかな口調で言った。

「返済を渋っているわけではありません。たしかに、誘拐されたことについては、われわれは反省しています。しかし、われわれは、あくまで、磯辺さんの命を守るという契約をしたのです」

「屁理屈だ。あなたたちは、磯辺さんを危険から守れなかった」

「最後まで聞いていただきたい。わたしたちは、まだ磯辺良一氏を守る義務を負っていると考えています」

「どういう意味だ……」

「テロリストの手から磯辺氏を救出する義務があるということです」

「救出だって……」

江木は、腹を立てはじめた。「どうやって救出しようというんだ？　磯辺さんがどこに囚《とら》われているかもわからないんだ。あんたの魂胆《こんたん》は見え見えだ。時間稼ぎをしようというのだろう。その間に、なんとか、契約金を返済せずに済《す》むような法の逃げ道を見つけようというのだ。そうはいかない。すでに、問題は警察に委《ゆだ》ねられた。あんたたちの出る幕じゃない」

「日本人は、警察の力を無条件で信じてしまいます」

ジェイコブが言った。「もちろん、警察の捜査能力や、犯罪阻止の力は、絶大だ。しかし、わずかな判断ミスから、取り返しがつかない犠牲を生むこともある」

「そんな議論は、今必要ない」

江木は、ジェイコブに向かってぴしゃりと言った。それで、ジェイコブの口を封じられると思ったようだった。

しかし、ジェイコブは屈しなかった。

「いや、今だから必要なのです。あなたにも理解していただかなければならない。もし、警察が考え違いをしていたら、たいへんなことになるのです」

「おっしゃる意味がわかりませんね」

「犯人から金の要求があった。警察では、営利誘拐のマニュアルにそって捜査を進めるでしょう」

「当然だ」

「しかし、そのマニュアルは、日本人の犯人を相手にしたノウハウの蓄積で作られています。民族のことも、宗教のことも、犯人の特殊能力も考慮に入れていません。今度の犯人は、日本人ではありません。その点が厄介《やっかい》なのです」

「例の死刑宣告のことを言っているのですか?」

「そうじゃありません。あれは、カムフラージュであることは明らかです。しかし、犯人は、磯辺さんを異教徒だと思っているのは事実かもしれません。これは重要なことです。彼らは中近東系でした。イスラム教徒である可能性が大きい。さらに、犯人は明らかに戦闘経験がある。よく訓練されたプロなのです」

「なぜ、そんなことがわかる?」

「私は、彼らと接触しました。覆面をしていましたが、だいたい素性《すじょう》はわかりました。目の前で部下を撃たれました。彼らは撃つとき、まったく躊躇《ちゅうちょ》しなかった。撃ったあとも、撃つ前と同じように行動した。これは、彼らにとって人を撃つという行為が日常だということを示しています」

江木は、眉《まゆ》をひそめた。彼は、ジェイコブの話に引き込まれつつあった。

「その話を警察にすればいい」

「しました」

ジェイコブは、なんとか説得しようと真摯《しんし》な口調のまま言った。「しかし、どこまで通じたかわかりません。私たちのところへ来た刑事は、私たちに反感を持っているようでした」

「想像はできるね……。民間の警備保障会社がへまをやって、誘拐事件が起きた。警察はおもしろくないだろう」

「例えば、警察は、超法規的な措置《そち》を取る判断を政治家に委ねなければならない」

「ある意味で健全だと思うがな……」

「そう。健全です。しかし、そのために、失われなくてもいい生命が失われるかもしれない」

「それは、磯辺さんのことを言っているのか？」

「そうです。そして、捜査や犯人検挙に当たる警察官……」

「あんたは、その超法規的な措置をやろうとしているのか？」

「命に懸《か》けて……」

江木は驚いた。彼は、すっかり毒気を抜かれてしまった。

彼は、ジェイコブを見つめ、渡会に視線を移した。渡会の表情にも決意が見られた。

「しかし……。なぜ、警察のやり方が失敗すると思うのだ？」

「まだわからないのですか？」

渡会は言った。「相手は、戦闘に慣れたプロです。そういう連中は、戦争と同じ考え方で、同じ行動を取る。彼らにしてみれば、磯辺さんは異教徒の捕虜なのです」

「どういう意味です？」

「価値がないと考えたとき、あるいは、自分たちが危険になったとき、迷いもなく殺すということです」

「価値がないと考えたとき……」

江木は、ふと何かを思い出したようだった。「それは、例えば、磯辺さんを捕らえていても金が手に入らないことが明らかになったような場合かな？」

ジェイコブはうなずいた。

「そういう場合は、すぐに作戦を変更するでしょうね。捕虜は殺し、撤退戦の準備に入る。

彼らは、日本を脱出することに全力を傾けるでしょう」

「では……。では、身代金を払わない、などと言ってはいけないのだな……」

「払う気がないと言ってしまうのは危険でしょう。交渉する場合は、値段の折り合いを付けたがっているように振る舞うべきです。たとえば、一億円は払えないが五千万なら払える、というように……。それは、一種の政治的な交渉と見なされます」

江木は立ち上がった。

「ちょっと待っていてくれ……」

彼は、役員会議室に急いだ。

「電話はまだですね……」

江木は、役員会議室のドアを開けるなり、言った。

部屋のなかにいた者全員が江木のほうを見た。

「何事だ?」

麻生常務が江木を睨みつけて言った。

「常務。犯人から電話があったら、身代金を払う気がないようなことを言ってはいけません」

「なんだ……。どういうことだ?」

「磯辺さんに価値がないと判断したら、犯人は磯辺さんを、すぐに殺すおそれがあります」

「それが駆け引きなんです」

刑事が言った。「犯人は、どうしても金がほしい。誘拐という大仕事をやってしまったのですから、元はとりたいのです」

「駆け引きをするなら、金額を値切るべきだ。ある専門家がそう言っています」

刑事が、ひどくおもしろくなさそうな顔で言った。

「われわれも専門家ですよ」

その口調は皮肉な感じだった。

江木はその刑事を一瞥すると、麻生常務に説明を始めた。

「この誘拐には、特殊な要素があると、その専門家は言っています。第一に実行したのが外国人であること。おそらく中近東系でイスラム教徒である可能性が大きいのです。そして、彼らはプロの兵士らしいということです。そういう連中にとって、磯辺さんは人質ではなく異教徒の捕虜なのだと、その専門家は分析しています。そういう連中は、利用価値がないとわかるとすぐに殺すのだそうです。ですから……」

刑事が説明に割って入った。

「そういうわけのわからない雑音に惑《まど》わされては困るな……」

刑事は麻生常務に言った。「いいですか。われわれの指示だけに従ってください」

「常務……」

江木は訴えかけた。「私は、磯辺さんに死んでほしくない。私は、今聞いてきた話のほうが真実のような気がします」

「うるさい」

刑事は怒鳴った。「黙らんと、しょっぴくぞ！　俺たちだって、ぴりぴりしてるんだ。あっちへ行っていろ」

「なぜだ？」

江木は持ちまえの情熱で刑事に噛《か》みついた。「なぜ、俺の話に耳を貸そうとしない。俺は捜査の役に立つ話をしている。あんたたちは、面子《メンツ》にこだわっているだけじゃないか。俺が言っていることと、あんたたちが言っていることはほんの些細《ささい》な差しかない。どうしてそれを認めようとしない」

「やかましいな……。放り出せ……」

刑事は、若い屈強そうな別の刑事に命じた。

大柄な刑事は、うっそりと立ち上がり、江木に詰め寄った。

「なんだ……」

江木が文句を言おうとしたとたん、大柄な若い刑事は、江木の胸をどんと突いた。

「捜査の邪魔をするな」

「何だって。いつ俺が邪魔をした」

江木が若い刑事をはねのけようとした。その瞬間、リーダー格の刑事が言った。

「それ以上やると、公務執行妨害になるぞ！」

江木は驚いてその刑事を見た。

驚き、そしてあきれた。刑事が何にこだわっているのか、江木には理解できなかった。

「さあ。あっちに行っていろ」

若い屈強そうな刑事が江木をドアから乱暴に押し出した。

「困りますよ」

刑事が麻生常務に言った。「われわれの指示に素直に従っていただかないと、責任を持ちかねます。いいですね……」

「あんたたちは、自分に従わない者は皆犯罪者に見えるのかね？」

「当然です。事実、犯罪者ですよ」

「わたしは、初めて警察というものがわかった気がするよ」

「そうですか？」

麻生常務は、苦い顔で言った。

「もちろん、話を引き延ばすように努力する。だが、その内容は私が決めていいね？」

「今の話を真《ま》に受けたのですか？」

「まあ、そういうことだ」

刑事は舌打ちした。

「好きにしてください」

渡会社長とジェイコブのところに戻った江木は言った。

「警察よりあなたがたを信じたい気分になった……」

「何かありましたか?」

渡会社長は尋ねた。

「そんなことはどうでもいい。あんたたちは、本当に磯辺さんを生きたまま救出するつもりでいるのか?」

「契約を守るためにはそれしかないと考えています」

「可能なのか?」

「このジェイコブもプロです」

「だが、磯辺さんを連れ去られた……」

渡会社長は、身を乗り出して声をひそめた。

「あのときは、ジェイコブも日本の法律に従わざるを得ませんでした」

「今度は違うというのか?」

「相手は戦争のつもりです。ジェイコブもそのつもりでかかります」

江木は、考え込んだ。ジェイコブを見た。その眼には決意が感じられたが、気負いすぎている感じはなかった。

自分の任務を果たそうとする男の眼だった。落ち着いた自信が感じられた。

「わかった。契約金の話はしばらく待つことにしよう」

「あなたにその権限があるのですか?」

「なんとかする。ごまかす手はいくらでもある」

「もうひとつ、あなたに頼みたいことがあるのです」

「何です?」

「誘拐となると、警察は情報を独占するでしょう。マスコミにも情報は流れないかもしれない。私たちは、犯人と磯辺氏がどこにいるのか知る必要があるのです」

「それで?」

「犯人からの電話の内容、郵送物などの情報をわれわれにも教えてほしい。できれば、郵送物などはコピーをいただきたい」

「わかった。可能なかぎりやってみよう」

江木は、ひとつ深呼吸をすると言った。「警察を出し抜きたいと思いはじめたところなんだ」

会談は終わり、渡会とジェイコブは席を立った。江木がジェイコブに尋ねた。

「本当に成功するのだろうな?」

「ユダヤにはこんな諺《ことわざ》があります。『自ら断じて行なえば、十人の敵もこれを避ける』」

6 口座

犯人からの電話があったのは、午後五時ちょうどだった。編集部にかかってきた電話が役員会議室に回される。刑事がモニターのヘッドホンを掛け、別の刑事にテープレコーダを回すように指示した。また、もうひとりの刑事は予《あらかじ》め連絡してあったNTTに電話をして逆探知の要請をした。

麻生常務が電話を取った。

「『公英社』です」

「『イスラム聖戦革命機構』だ。そちらの身分と名前を言ってくれ」

「麻生治。常務取締役だ。この件の担当者だ」

「金は用意できたか？」

「まだだ。とにかく一億円という大金なのでな。右から左に動かせる金額ではない」

「三日後までに用意してもらう」

「三日後……」

犯人がなぜ三日後を指定したか、その場にいた人間にはすぐにわかった。三日後は月曜日だった。次の銀行の営業日なのだ。

麻生常務は言った。

「月曜日では無理だ。銀行と交渉しているが、銀行も休みが明けてすぐの営業日では話がつきそうにない」

「月曜日だ。その日のうちに、スイスの銀行の口座に振り込め」

「スイスの銀行……？」

犯人は、銀行名と口座の記号、番号を言った。

刑事はそれを素早くメモした。それを四人目の刑事に手渡した。メモを受け取った刑事は、そっと部屋を出て、別の部屋の電話で署に連絡を取り、口座の確認を取ってもらうよう要請した。

「銀行名と口座番号は確認したか？」

犯人は言った。麻生常務は答えた。

「確認した。しかし……」

「日本の代理店に行って、金を預け、口座番号を言えばいい」

「待ってくれ」

麻生常務は言った。「金を払う意思はたしかにある。しかし、一億円というのはあまりに大金だ。私たちは、五千万円ならなんとか払う用意があるのだが……」

「交渉には応じない」

刑事がメモ用紙に何事か書いて麻生常務に手渡した。麻生常務はそれを読んだ。

「人質の安否」と書かれていた。

麻生常務は言った。

「磯辺氏は無事なのだろうな?」

「無事だ。われわれは、囚人を正当なイスラム法によって逮捕・勾留《こうりゅう》している。死刑は保留されている」

「無事だという証拠を見せてほしい。でないと、金は払えない」

「その条件は、承知した。だが、それ以上の交渉には一切応じられない」

電話が切れた。

麻生常務は、受話器を置いた。

刑事は、福島総務部長に言った。

「さきほどの社員を呼んでくるといい。これは典型的な営利誘拐の手口だ」

福島部長は、ドアに近づいて部屋の外を見た。誰かに江木を呼びにやらせようと思ったのだ。江木は、磯辺良一の担当者だ。同席してもらったほうがいいと、福島は考えていた。

江木は、会議室のすぐ外にいた。彼は、成り行きが気になっていたのだ。

会議室に入ってきた江木に刑事は言った。

「口ではイスラム教徒がどうの死刑宣告がどうのと言っているが、要するに営利誘拐なんだよ。警察の領分だ。わかったな」

江木は何も答えなかった。

「逆探知の結果が出ました」

別の電話でNTTと連絡を取っていた刑事が言った。「番号はわかりませんが、都内ではないとのことです。おそらく、箱根《はこね》の公衆電話ではないかということですが……」

「場所は特定できないのか?」

「できません」

「よし、捜査本部に連絡してくれ。箱根となると、神奈川県警と静岡県警の応援を要請しなければならない」

「しかし……。スイスの銀行とは……」

麻生常務が言った。

「何です?」

江木が尋ねる。

「犯人は、身代金をスイスの銀行に振り込むように指示してきたのだ」

「スイスの銀行といえば、絶対に口座の持ち主のことを外部に洩《も》らさないので有名じゃないですか」

「そう……」

刑事が言った。「だから、マネーロンダリングに使用される。しかし、誘拐犯がスイスの銀行を指定してくるとは……。これで、犯人逮捕のチャンスがひとつ減った……」

「つまり……」

江木が言った。「身代金引き渡しの際に逮捕するという望みがなくなったわけだ」

刑事は苦い顔でうなずいた。

「だが、犯人は箱根にいることがわかった。おそらく、人質も箱根だろう」

刑事は、依然として自信がありそうだった。江木は、どこかずれていると感じていた。

渡会社長とジェイコブの話を聞いたせいだった。

ジェイコブたちから話を聞いていなければ、自分も刑事と同じように考えていただろうと、江木は思った。

交替要員の刑事が来て、今までいた刑事は去っていった。それをきっかけに江木は、別の階にある編集部にいったん戻った。

自分の席から、『バックラー警備保障』に電話をした。

「ジェイコブさんを……」

「私だ」

「『公英社』の江木だ。犯人から電話があった。犯人は、スイスの銀行に身代金を振り込むように指示した。逆探知の結果、電話は、箱根の公衆電話からかかってきたことがわかった」

江木は、声をひそめて話していた。編集部には人はまばらだった。夕刻になり、編集部員たちは、食事に出かけているようだった。

「磯辺さんは無事なのですね?」

「わからない……」

「わかりました。また情報をください」

江木は電話を切った。

彼は、自分が何か犯罪に加担しているような気分になっていた。だが、悪い気分ではない。血が騒ぐのだ。スパイの気分だった。彼は、楽しみはじめていた。積極的に情報をかき集めてやろう——今では、彼はそう考えているのだった。


夜の八時に『公英社』役員会議室の電話が鳴った。麻生常務は、電話を取った。一同は緊張したが、麻生は受話器を刑事に差し出し、言った。

「刑事さんに、捜査本部からだ」

交替で来た刑事は、物腰のやわらかい男だった。礼を言って丁寧《ていねい》に受話器を受け取った。

「銀行の口座が確認された？　うん……。口座の持ち主はわからない。スイスの銀行は絶対に教えないのだな……。口座は新しく開かれたものではない？　以前からあったのだな……。わかった」

刑事は電話を切った。彼は、部屋にいたほかの者にも内容がわかるように、相手の言葉を復唱していた。

別の刑事が言った。

「スイスの銀行か……。やっかいですね」

「しかたがない。そういう伝統だ。徹底して秘密を守ることで世界的な信用を得ているのだ」

「しかし、口座は、新しく開かれたものではないと言いましたか……？」

「そのようだ」

「この誘拐のために用意したのではないということですかね……」

「……だな……」

「本当に『イスラム聖戦革命機構』という組織が持っている口座かもしれませんね」

「どうかな……。そういう組織は、確認されていないんだ」

「しかし、実在するのかもしれません」

「わからん。今、確かなのは、指定された口座が本当にあるということだけだ」

その後、誰も何も言おうとしなかった。

麻生常務も福島部長も、いつになったら帰れるのかと考えているようだった。

それを察したように、刑事が言った。

「さきほどの犯人の電話の内容からして、今日はもう連絡があるとは思えません。帰宅されてけっこうです」

「そうは言うが……」

麻生常務が言った。

「念のため、私が残ります」

江木が言った。刑事がうなずいた。

「刑事もふたり残します」

「そうか……」

麻生常務は福島部長の顔を見た。「ならば、帰らせてもらうかな……」

麻生常務と福島部長は、帰宅することになった。明日は、土曜日だが、ふたりとも出勤せざるを得なくなった。

江木は、口座が確認されたことと、その口座が以前からあったことをジェイコブに知らせようと考えていた。


「工藤さん。電話よ」

亜希子が部屋まで呼びに来た。工藤は店まで行き、電話に出た。まだ、『ミスティー』には客は来ていなかった。

「工藤です」

「私だ。ウォルター・ジェイコブだ」

彼は英語で話していた。ジェイコブはもちろん日本語を自由に話せるが、相手が工藤なので母国語で話しはじめたのだ。

工藤は、英語とフランス語を話すことができる。工藤の英語はジェイコブの米語とは違い、クイーンズ・イングリッシュだった。

「ウォルター……。俺は……」

「私たちは、『公英社』から情報を得られることになった。犯人は、おそらく箱根にいる。身代金はスイスの銀行に振り込むよう指示してきた」

「スイスの銀行に……?」

「その口座は、新たに設《もう》けられたものではなく、以前からあったものだという。どう思う?」

「待ってくれ、ウォルター。俺は手伝えないんだ」

「知恵を貸してほしいだけだ。それならかまわんだろう。『イスラム聖戦革命機構』という組織が実在しているなら、その組織が持っている口座とも考えられるが……」

「そんな組織は聞いたことがない。おそらく架空の組織だ。犯人のでっちあげだ。原理主義の組織はたくさんあり、すべてを知っているわけではないが、少なくとも、営利誘拐をするような連中じゃない。それこそ、アラーの教えにそむくじゃないか」

「俺もそう思うね。犯人は、金目当ての犯罪者にすぎない」

「もし、犯人のなかの誰かが、一流の傭兵《ようへい》か何かだったとしたら説明がつく。傭兵がスイスに口座を持っている例はいくらでもある。今回の誘拐にその口座を利用したとも考えられる」

「私もその線だと思っていたよ」

「用はそれだけか?」

ジェイコブは、一瞬、間《ま》を置いた。息を大きく吸い込む音が聞こえた。

「実《じつ》は、おまえの気が変わっていることを期待したのだがな……」

「それは期待外《はず》れだったな……」

「そうか……。残念だ」

電話が切れた。

工藤が受話器を置くと、黒崎と亜希子が工藤のほうを見ているのに気づいた。

「何だ?」

工藤は、ふたりに尋ねた。

黒崎は、眼をそらすと言った。

「別に……。ずいぶんと、おまえさんが苛立《いらだ》っているものでな……」

「苛立っている? 俺が?」

「ほう……。自分では気づいていないようだな」

黒崎は、見事なカットグラスを丁寧に乾いた布巾《ふきん》で磨いていた。その姿が様《さま》になっている。

「そんなふうに見えたのか?」

黒崎は、磨いていたカットグラスを明かりに透《す》かして見た。満足すると、そのグラスにアイスピックで割った氷を入れた。

棚からブラック・ブッシュのボトルを取り出し、グラスに注《そそ》いだ。

そのグラスを工藤の前に置いた。

「飲みたい気分だろう?」

「どういう意味だ?」

「おまえさんの心は、ここにはない……」

「何だって……」

「いいから、まあ、飲め。アイルランドの心を味わうんだ。話はそれからだ」

工藤は、言われたとおりにアイリッシュ・ウイスキーを飲んだ。

珍しいことに、黒崎も自分のオンザロックを作って飲んだ。

黒崎は、ゆっくりと味わい、深い吐息をついた。

「俺はな、工藤……」

黒崎が言った。「情《なさ》けないんだよ」

「何がだ?」

「あんたはずいぶん長いことここに住んでいる。俺は毎日、あんたの顔を見ている。あんたの姿も見ている。だが、おまえを見ているような気がしない」

「何を言ってるんだ?」

「あんた、気持ちがここにないんだよ。尻《しり》が落ち着いていない。今の生活が本当の自分の生活だと思っていないんだ」

「そんなことはない」

「同じことは、アキちゃんだって感じているはずだ」

工藤は思わず亜希子のほうを見ていた。亜希子は、よく西洋人がするように肩をすぼめて見せた。カリフォルニアのサンタモニカで育った彼女は、そうした仕草《しぐさ》が自然に出てしまう。

「俺は、今の生活以外考えられない」

「そうかな……」

黒崎は言った。「たまに、あんたが生き返ることがある。そうだな……。最初にそれを感じたのは、初めてアキちゃんがこの店に来たときだった。アキちゃんは、問題をかかえていた。重要な秘密をかかえて、CIAだか何だかに追われていた。あんたは、それを助けた。次は、イタリアのマフィアが現われたときだ。あんたは、傭兵仲間だったイタリア人を追跡することになった……」

「何が言いたいんだ？」

「今、あんたは、CIAのときやマフィアのときと、まったく同じような眼をしているんだよ。ジェイコブといったっけ？　彼が現われてからだ」

「なあ、クロさん。言いたいことを言ってくれ。何を言われているのかわからないんだ……」

「俺にもわからないのさ……。ただ、狼《おおかみ》は飼い犬にはなれない。そういう類《たぐい》のことを言いたいのだ」

「理解できないな……。いつも俺を疫病神《やくびょうがみ》だと言っていたじゃないか。危ないことに首を突っ込む俺に、いいかげん大人になれと言ったのは、クロさん、あんただ」

「そうだな……。俺はどんな人間も、いつかは平穏な人生を望むものだと思っていた。そうでなければならないと考えていたんだ。だから、あんたにもそうしてほしかった。しかし、それは、間違いだったかもしれない」

「黒崎さんは、情けないと言ってるじゃない」

亜希子が言った。

工藤は亜希子を見た。

「だから、何が情けないんだ?」

「工藤さんがひとりで苛立っていることよ。あたしたちは、最初から蚊帳《かや》の外。毎日いっしょに顔を見て暮らしているのに、工藤さんの心はまだ傭兵時代と同じなんだわ」

「そんなことは……」

工藤は否定しきれなかった。

「黒崎さんは、そういうことを言いたいのよ。工藤さんはかつての傭兵仲間が現れたときだけ活《い》き活きとする。あたしたちといっしょにいるくせに、そういう仲間がいないことに孤独感を感じている」

工藤は驚いた。自分の孤独を身近の者がそういうふうに受け止めているとは思ってもいなかった。

「あんたは、ジェイコブを助けたいと思っているはずだ」

黒崎が言った。

「いや、それは違うんだ。そう……。助けたいのかもしれない。しかし、戦いの世界から足を洗いたいというのも事実なんだ」

「煮えきらねえやつだな……」

「ジェイコブを助けられるかどうかわからない。現役時代より勘が鈍《にぶ》っているはずだし……。自信がないんだ」

「ジェイコブは、やる気だ。彼だって現役じゃない」

「クロさん……」

工藤は、あきれて言った。「あんた、俺をけしかけて、どうするつもりだ」

「けしかけているわけじゃない。欲求不満の熊《くま》みたいな顔で店のなかをうろつかれちゃ迷惑だと言ってるんだ」

「欲求不満の熊に知り合いがいないんでどんな顔なのかわからないが、俺は今の生活を続けようと考えているんだ」

「ジェイコブが死んだら、あんた、後悔するぜ」

工藤は、はっと黒崎の顔を見た。黒崎は、静かな眼差《まなざ》しで工藤を見ていた。工藤は何も言えなかった。

「もし、自分が助けに行っていたら、ジェイコブは死なずに済んだと考えるに違いない。

そして、あんたは、ぼろぼろになるんだ。俺は、そんなあんたを見たくない」

工藤は、その瞬間、チャドでの救出作戦を思い出していた。手遅れになるのは、もう真《ま》っ平《ぴら》だった。

「自信がないというのなら、ひとりでは行かせないわ」

亜希子が言った。「あたしたちも行く」

「君たちが行く筋合いじゃない」

「あたしは、アメリカで訓練を受けている。素人《しろうと》じゃないわ。それはあなたもよく知っているはずよ」

「しかし……」

「いい？　あなたはここにいてもひとりじゃないのよ。それをわかってほしいの」

「まあ……」

黒崎が言った。「俺のようなポンコツが行っても役には立つまいがな……」

7 火器《ファイアー・アーム》

『バックラー警備保障』は、代々木《よよぎ》駅から歩いて十分ほどの、明治《めいじ》通り脇《わき》にあった。ビルの玄関前にわずかなスペースの駐車場がある。車が三台駐《と》まればいっぱいになってしまう駐車場だった。

工藤は、パジェロを減速して、いったん明治通りに停車し、駐車場に車が一台もないのを見て乗り入れた。

夜の八時を回っていた。

入口の警備員に、ジェイコブに会いたいと告げる。ロビーのソファで待つように言われた。

五分と待たぬうちにジェイコブがエレベーターで降りてきた。

「兵悟！　どうしたんだ？」

「あんたの期待どおりになったようだ」

「気が変わったということか？」

「理由など訊くな。余計な話はしたくない。状況を詳しく聞かせてくれ」

「もちろんだ。理由などどうでもいい。さ、オフィスへ案内する。来てくれ」

工藤とジェイコブがふたりきりのときは、英語で会話をしていた。傭兵《ようへい》時代、彼らはそうしていた。ふたりにとっては、そのほうが微妙なコミュニケーションが取りやすいのだった。

ジェイコブのオフィスは、アメリカふうだった。ひとりひとりのデスクが透明のアクリル盤で仕切ってあり、ブースになっている。

スタッフ同士が話し合うときは、会議室ではなく、オープンなスペースにある楕円《だえん》形のテーブルを使う。

工藤はテーブルに案内され、腰を下ろした。ジェイコブは、隣に座った。

「『公英社』の江木という男が協力者になってくれた。彼は、犯人からの情報や、警察から聞き出せる情報をこちらに流してくれる。現在の状況は、電話で説明したとおりだ」

「どうして警察と協力せずに、情報を盗むようなまねをするんだ?」

「警察が私たちを認めていない」

「うまく利用する方法はあるだろう?」

「おだてたり、下手《したて》に出たりしてか? うちのボスはそういうことができない」

「利口なやり方じゃないな……」

「そう。たしかに利口ではないが、世間で考えるほどの実害はない。むしろ、やましさを感じずに仕事ができるという利点もある」

「企業の世界ではあまり通用しない論理だな」

「欠点でもあり長所でもある」

「それで、警察が犯人と人質を見つけるまで手をこまねいて待っているのか？」

「わが社の専任の調査員を箱根に送り込んだ。警察の組織力にはかなわないが、そこそこの調査能力を持っている」

工藤は、やや身を乗り出し、声を低くした。

「それで、これは、本当に救出作戦なのだな？」

「そうだ」

「ということは、俺のやり方でやっていいということだ。そうだな？」

「最初からそのつもりだ」

「非合法的ということになる」

「つかまらなければいいのさ」

「敵だけでなく、警察にも注意しなければならないということか……」

「いずれにせよ、救出作戦となれば、短期決戦だ。長くても十分か十五分でけりをつけなければならない」

「武器は？」

「ある程度望みのものは用意できると思う。つてはある」

「自動小銃が必要だ。あるいは、サブマシンガンだ。それにサイドアームの拳銃《けんじゅう》。装弾数の多いものがいい。弾薬も、ひとり当たり、五百発はほしい。トランシーバーもいる」

「だいじょうぶだと思う」

「トカレフはだめだ。信頼性が低い。試射しただけで、撃鉄が割れたという話を何度も聞いた。それに、トカレフの部品は、互換性がない。工場によって部品の規格が異《こと》なるという話だ」

「心配するな。たぶん、九ミリ・オートマチックを用意できる。自動小銃よりサブマシンガンのほうがいいだろう。持ち運ぶのに楽だし、拳銃と共通の弾薬を使える」

「そうだな……。兵員はどうするんだ？」

「当初はうちの社員を連れていこうと思っていた。一応の訓練はできているからな」

「銃には慣れているのか？」

「まさか……。基本的なサバイバル術と格闘術だけだ」

「ならば、撃ち合いになったら、役に立たないと考えたほうがいい」

「もちろん、おまえが来てくれるとなると話は別だ。おまえひとりで、うちの社員十人分の働きをしてくれる」

「買いかぶらんでくれ。俺は、現役のころとは違う」

「経験がものをいう世界だ」

「情報が入り次第動けるように準備をして、自宅で待機している」

工藤は立ち上がった。

ジェイコブは言った。

「ボスを紹介する。来てくれ」

ジェイコブは工藤を社長室に案内した。

工藤を見ると、渡会社長は立ち上がり、手を差し出した。西洋人のように握手を求めたのだ。

工藤は応じた。

「話はウォルターから聞いています」

「かなり思い切った方法になるが、かまわないのだな？」

「やり方は、お任せしますよ」

「もしかしたら、俺たちは全員、犯罪者として裁かれるかもしれない」

「最良の方法と信じることをやって裁かれるのなら満足です。最良とわかっていることをやらずに後で後悔するよりずっといい」

ジェイコブが言った。

「言っただろう。こういう人間なのだ」

「信じがたいな……。経営者だろう？」

「経営とはビジョンですよ。単なる金儲《もう》けではない」

「なんとまあ……」

工藤は、一目見たときから渡会がどういう人間かわかっていた。嘘《うそ》のつける人間ではない。ジェイコブが信頼しているのを見てもそれがわかる。

彼は、親しみを込めて言った。

「ウォルター。おまえも、こういう人の下では苦労するな」

「おまえの指揮下で戦っていたことを考えれば、どうということはない」

渡会は真顔《まがお》になって言った。

「私は、実際の戦闘がどういうものか知りません。だから、余計なことは一切言わない。工藤さん。あなたがやったことで、私がどんな目に遭《あ》おうと恨《うら》みごとは言いません。できるかぎり、私が責任をかぶります。依頼人を助けてください」

「生きて帰れたら、儲けものだな……」

工藤は言った。「だが、生きているかぎり努力するよ」

工藤は、言い終わると渡会に背を向けてドアに向かった。

「工藤さん、頼みます」

渡会が言った。工藤は振り返らぬまま、うなずき、社長室を出た。

廊下へ出るとウォルターが言った。

「来てくれたことを感謝する」

「その言葉は、救出が成功したときのために取っておくんだな」

部屋に戻った工藤は、昔使っていたザックを取り出した。

そのなかには、水筒と束《たば》ねた細いワイヤー、登山用のロープ、基本的なサバイバル・キットなどが入っている。

ザックをテーブルの上に置くと、ナイフを取り出した。普段は使い道のないくらい大きなバックのサバイバル・ナイフが一本。これは、ナイフというよりナタのような印象がある。

もう一本は、小さくてシャープなアルマーの折り畳み《フォールディング》ナイフだった。どちらのナイフも手入れが行き届いていた。にもかかわらず、工藤は、砥石《といし》とオイルを出して、ナイフを研《と》ぎはじめた。

そうせずにはいられなかった。牙《きば》を磨き、爪を研ぐような感覚だった。一本のナイフが自分の命を助けてくれるような事態があるかもしれない。

工藤は、ナイフの冴《さ》えざえとしたブレードをじっと見つめていた。ほかのものが眼にはいらないような様子だった。

彼は、ナイフを研ぐことによって、精神も研ぎ澄ましているのかもしれなかった。五感をクリアーにし、精神を日常からはるか高いテンションにまで高める。

戦いで生き延びるためには、精神の高揚と冷静さの両方が必要なのだ。

バックのサバイバル・ナイフを研ぎ終え、シースに収めた。続いて、アルマーのフォールディング・ナイフを研ぎはじめる。ブレードのカーブに沿って、手首をうまく使って柔らかく弧《こ》を描くように研ぐ。

ナタのような重厚なナイフと剃刀《かみそり》のような鋭利なナイフのふたつを携帯するのは、陸軍兵士、特にゲリラ戦を任務とする特殊部隊の常識だ。

アルマーのフォールディング・ナイフを満足いくまで研ぐと、刃を畳み、バックのサバイバル・ナイフと並べてテーブルの上に置いた。

ザックのなかのサバイバル・キットを点検する。ごく簡単なものだ。油紙に包んだ着火剤付きのマッチ。マグネシウムの固まりと、ナイフでこすり火花を出すフリント。釣り針に釣り糸。蜂蜜に塩の錠剤。総合ビタミン剤。鉛筆に紙。それにビクトリノックスのナイフが入っている。一般にスイス・アーミー・ナイフと呼ばれる多機能ナイフだ。缶切りや栓《せん》抜き、プラス・マイナス両方のドライバーなどが付いている。

サバイバル・ブランケットも入っている。畳むと、煙草《たばこ》のパッケージをふたつ重ねたくらいの大きさになる。広げると、毛布と同じくらいになる薄いシートだ。

NASAで開発された材質で出来ており、保温力は普通の毛布の三倍ほどもあるという。これは、防水シートの代わりにもなる。

今回の戦いで、こうしたものが必要になるかどうかはわからない。銃撃戦であっという間に片がつくかもしれない。

しかし、長期のゲリラ戦になる可能性もないわけではなかった。そうなると、サバイバル・キットが大いに役に立つはずだった。

工藤は前線での気分を思い出そうとしていた。

驚いたことに、気が重くなった。平穏な日常に不満を抱いていたはずなのに、いざ戦いに戻ろうとすると、ひどくうとましく感じられるのだ。

緊張感が耐えがたいものに感じられる。彼は、またしても身の置き所がないような気がしてきた。

自信が湧《わ》いてこない。

戦いにおける自信というのは、継続的な訓練と実戦の経験によって得られる。どちらか片方ではだめだ。両方が必要なのだ。

今の工藤には、訓練が決定的に不足していた。運動能力が、全盛時に比べてひどく落ちているように思えるのだった。

実は、運動能力の衰えは、経験と知恵でかなりの部分補《おぎな》えるのだが、問題は、不安感だった。厳しい訓練を続けていないといざというとき自分の体が役に立たないような気がするのだ。

気分の重さの正体はそれだと工藤は自覚した。だが、今から体を鍛《きた》えなおしている時間はない。

工藤は、経験と判断力が運動能力を補ってくれることを祈るしかなかった。そのためには、意識のテンションをもっと高める必要があった。

意識の問題もさることながら、計画が綿密でなければならない。

敵の正体もわからなければ、どこにいるのかもわからない。まだ計画を立てる段階ではないが、それでもある程度のことはわかっている。

第一に、敵は、三人以上だ。最低で三人。ジェイコブが、中近東系だと言っていたから
まず間違いないだろう。アラブ系かペルシア系だ。
そして、その連中はプロだ。プロが三人以上集まっているというのは、たいへん面倒だ。
その三人は、銃で武装している。誘拐の際には、三人ともガバメントを持っていたと、
ジェイコブは言った。四五口径の強力な自動拳銃だ。
最近はやりの九ミリ・オートマチックなどに比べると、装弾数が七発と少ないが、現在
でも信頼性が高い名銃だ。
工藤は、敵の火力を正確に知りたかった。しかし、それは不可能だろう。
敵の置かれている状態や、行動を見て想像するしかない。現在のところ、拳銃以上の火
器を持っていることを疑う理由はない。
しかし、工藤は、相手が戦闘のプロであり、おそらく、作戦を遂行しているつもりだと
思っていた。サイドアームの拳銃しか持たずに、戦場に出る兵士はいない。
自動小銃程度のファイアー・アームがどうしても必要だ。工藤が誘拐作戦を誰かに依頼
されても、おそらく、自動小銃を持つことを条件に入れるだろう。
戦場で自動小銃を持つのは常識だ。
自国の軍隊がＰＫＯで出掛けるのに、自動小銃を携帯するかどうかを論議する国は、世
界中で日本だけだ。だが、それは、愛すべき非常識であることも間違いないと工藤は考え
ていた。

そうした非常識、言葉を変えれば、異例なくらいの銃アレルギーのおかげで、国内の治安は保たれている。しかし、日本人の常識は、他国の人々にそのまま通用するわけではない。

今回の誘拐犯たちは、できるかぎりの武装をするだろう。警察隊と銃撃戦をやって逃げられるくらいの火力を想定しているかもしれない。

工藤はそう考えることにした。

敵は、最低で三人。その三人はプロで、自動小銃と拳銃の両方、もしかしたらそれ以上の武器を持っている。そういう想定で考えることにしたのだ。

ジェイコブとふたりだけでは、あまりに心もとなかった。

ゲリラ戦をやるにしても、どうしてももうひとり必要だ。

陽動と本命のほか、どうしても援護のスナイパーが欲しかった。

陽動は、ジェイコブがやる。そして、突入は工藤が担当する。状況に応じてその逆でもいい。

それを見晴らしのいい場所から見ていて、援護射撃する者がいなければならない。

ジェイコブは、『バックラー警備保障』の社員でそれを間に合わせようとするかもしれない。だが、工藤は、撃ち合いの経験がない人間を使いたくなかった。

確かに援護係は、それほど差し迫った危険があるわけではない。しかし、あとのふたりの安全のためには、重要な役割なのだ。

射撃場で銃がミス・フィードしたときに、誰かを呼ぶような素人《しろうと》は願い下げなのだ。銃のトラブルは常に起きる。それに対処できるくらいに銃に慣れていなければならない。

工藤は、考えたあげく、部屋を出てバーへ行った。

亜希子が看板の明かりを消したところだった。

「もうそんな時間か？」

工藤は言った。亜希子が、振り返った。黒崎は、顔を上げずに洗い物をしている。

「金曜日だっていうのに、お客さんが少なくて……。早仕舞《はやじま》いしましょうって、黒崎さんが……」

「よかった。話があったんだ」

「あたしに……？」

「君は、エド・ヴァヘニアンに訓練を受けたと言った。どの程度の訓練だった？」

「実戦的なものだったわ。『グリーン・アーク』のフィールド・ワークのための訓練ですからね。中途半端ではすまなかった。徹底的にしごかれたわ」

エド・ヴァヘニアンは、工藤の傭兵仲間だった。初めて会ったのはコンゴで、工藤の分隊が孤立したとき、猛然と救援に駆けつけたのがエド・ヴァヘニアンだった。最後に会ったときは、敵として現われたが、それは傭兵の宿命だ。

工藤は、今でも、エド・ヴァヘニアンが最高の兵士であり、最高のインストラクターであると信じていた。

亜希子はアメリカにいるころ、『グリーン・アーク』というかなり過激な環境保護団体の職員をしており、その際にエド・ヴァヘニアンの訓練を受けているのだ。

「銃も撃てるな?」

「二週間、一日三百発ずつ撃たされたわ。ライフルと拳銃を……。その後も、定期的に銃のトレーニングを義務づけられた。『グリーン・アーク』時代はどんな場所へも行かなければならなかった。自分を守るのは自分でしかないと、徹底して教えられたのよ」

「ミス・フィールドがあっても自分で対処できるな?」

「ミス・フィールドどころか、フィールド・ストリッピングの心得もあるわ。もっとも、随分やってないから、覚えているかどうかわからないけど……」

フィールド・ストリッピング、つまり、掃除のための通常分解まで教えるというのは、いかにもエド・ヴァヘニアンらしいと、工藤は思った。

「撃ち合いの経験は?」

「一度だけ。南米アマゾンに調査に行ったとき、ゲリラと戦闘になったことがあるわ。ゲリラと言っても実情は、山賊みたいなものだった。それに、日本に生まれ育った人に比べればはるかに身近に感じているわ」

工藤はうなずいた。彼は、彼女がよく理解できるように、しかも、あまり驚かぬように言葉を選んで言った。

「俺とジェイコブを手伝う気はあるか? もちろん、危険は最小限にする。やってほしいのは、援護や連絡の係だ。はるか後方で支援する」

工藤は、黒崎の反応も気にしていた。だが、黒崎は、顔も上げず、表情も変えなかった。

亜希子はにっこりと笑った。

「工藤さん、ようやく、あたしたちが言ったことを理解してくれたようね」

「援護といっても危険であることには変わりはない。よく考えてくれ」

「考える必要はないわ。もちろん、手伝うわ」

「作戦が始まったら、君のことを考えている余裕はないと思う」

「エドの訓練を受けているのよ。信頼してほしいわね」

工藤は、これでよかったのだろうかと、今になって迷いはじめていた。亜希子という人選は正しかったのだろうか？

「しょうがねえな……」

黒崎が言った。「俺は、行きたくなんぞねえが、アキちゃんをひとりで行かせるわけにはいかない」

「あんたも行くということか？　しかし、あんたにできるのは、せいぜい後方支援だけだ」

「後方支援、けっこう。それでも、俺は行ったほうがいいような気がする」

工藤は、その言葉をよく考えてみることにした。

8 山 荘

「ここはどこだ?」

目隠しをされた磯辺が、その質問をするのは、もうすでに、三十回を数えようとしていた。

そこは、なにか温かい暖房があり、居心地《いごこち》は悪くなかった。春とはいえ、まだ暖房なしでは肌寒い季節だった。しかし、ずっと目隠しをされたままで、神経が参ってしまいそうだった。食事も与えられたが、目をふさがれたままなので、食欲もない。

そこへやってきて、ずいぶんと経《た》つ。

誘拐現場からすぐに今いる場所へ移動してきたのだ。磯辺は、そこが、どこか山の上の建物であることに気づいていた。

誘拐に使用されたバンはすぐに乗り捨てられた。車は別に用意してあったが、そのときにはすでに磯辺は目隠しをされており、どんな車に乗せられたかわからなかった。

乗り心地からして、豪華なセダンでないことは確かだった。

犯人たちは、滅多に口をきかない。ごく稀《まれ》にささやくように一言《ひとこと》、ふた言《こと》、言葉を交《か》わすに過ぎない。その言葉は日本語ではなかった。

磯辺は、『イスラムの熱い血』という本を書いていながら、アラビア語もペルシア語も堪能《たんのう》ではなかった。英語がしゃべれるに過ぎない。それでも、取材はなんとかこなせるのだ。

現地で通訳を雇えばいい。それればかりか、事情通の人間に電話でインタビューするだけで、本が書けると磯辺は信じていた。

彼は、イスラム教徒の習慣を知識では知っていたが、それを実感できるほど親しんだわけではなかった。そこに誤解が生じる隙《すき》があった。

磯辺は自分の身に何が起こりつつあるのか理解していた。だから、犯人たちのしゃべっている言葉がアラビア語かペルシア語、あるいは、パキスタン、バングラディッシュなどの地域の言葉であることに気づいていた。

犯人はイスラム教徒なのだ。

実際にはペルシア語だった。

「ここはどこだ」と、磯辺は、日本語と英語で何度も尋ねていた。答えてくれるとは思っていなかったが、訊《き》かずにはいられなかったのだ。

目隠しをされていると、時間の感覚も乱れてくる。磯辺はいったいどれくらい自動車で走ったかわからなかった。

スパイなどが目隠しで軟禁されたとき、時間の感覚を保つために、自分の脈拍を数えるという話を、磯辺は聞いたことがあった。

しかし、自分の場合それが役に立たないことに気づいた。数を数えていても集中できないために、すぐに数を忘れてしまうのだ。何度やりなおしても同じことだった。

結局、自分は、どのくらい車に揺られているかわからなくなってしまったのだった。

途中からエンジン音がやたらに大きくなった。低速ギアを何度も使用していることがわかる。運転をしない磯辺でもそれくらいのメカニズムはわかっていた。

車が右に左にカーブを切るのが、体重の移動でわかった。山を登っているのかもしれないと磯辺は思った。

山……。しかし、どこの山だ。

日本の国土の大半は山だ。町を一歩離れるとすぐに山に入っていく。

やがて車は停《と》まった。

車のドアが開き、ひとりが降りていったのがわかった。あるいは、ひとりではなかったかもしれないが、とにかく誰かが車から降りていった。

やがて、足音が戻ってくる。ドアが開いたとき、ひどく冷たい風が流れ込んだ。

磯辺は、腕をつかまれた。

「何だ？　どうしようというのだ？」

磯辺は、腕を引っ張られた。

「降りろというのか？　おまえたちは、口がきけないのか？」

車から出ると、両側から腕をつかまれた。引きずるようにして、犯人たちは、今の場所に磯辺を連れてきたのだった。

一度車が出ていく音が聞こえた。その車が戻ってきたのは、しばらく経ってからだった。近くに人の気配がする。見張りが付いているのだ。建物のなかには、複数の人間がいるのがわかるが、やはり、彼らは、磯辺の近くでは話をしようとしない。

会話をしなくても意志疎通ができるような感じだった。

磯辺は、腕をつかまれ、はっとした。目隠しが取られた。

まわりには、四人の男がいた。全員、目出し帽で覆面をしている。彼らは、迷彩の入った戦闘服を着ている。その服はどれも年季が入っており、よく体に馴染《なじ》んでいた。

ひとりがポラロイド・カメラを持っていた。別の男が、せっせと何か作業をしている。手慣れた様子で、一流の職人の手つきを思わせた。

その男が持っているのは、手榴弾《しゅりゅうだん》だった。細いワイヤーで何か細工《さいく》をしている。

磯辺は、あたりを見回した。リビングルームのようだった。かつては、居心地のいい豪華な部屋だったに違いないが、今はどこか寒々とした感じがする。

家具があまりないせいだった。壁紙も色が変わっている。ちょうど、引っ越してきたばかりの部屋のようだった。その部屋には人が住んでいなかったことがわかる。

山の上の空き家。磯辺は、そこが、誰かの別荘ではないかと思った。

「さあ、記念撮影だ」

犯人たちのひとりが日本語で言った。磯辺は驚いた。犯人はみな外国人かと思っていたのだ。

「あんたは、日本語がしゃべれるのか？」

「当然だ。私は日本人だからな……」

「私をどうするつもりだ？」

「告知したはずだ。あんたは、イスラム法によって裁かれる」

磯辺は、それがどういうことなのかわからなかった。一般的なイスラムの戒律は理解していた。しかし、それと、個別の裁定は別の話だ。

死刑を宣告された者がどういう経緯で裁かれるのか知らなかった。実をいうと、一度死刑を宣告されたら、上告はあり得ない。問答無用で殺されるのだ。しかし、磯辺はそういうことを実感できていなかった。

したがって、死刑を宣告されながら、誘拐され、まだ生きていることを変だとは思わなかったのだ。

本人にとっては、イスラム法の執行のされ方などどうでもいい。死ぬことが心底恐ろしかった。

「さあ、あのテーブルの上に立て」

日本人は、わずかに残された家具の一つであるテーブルを指さした。

「手足を縛られていて、どうやって立てというんだ？」

日本人は、ふたりの男たちにうなずきかけた。ふたりは、磯辺に近づき、その体を抱え上げた。

さきほどから手榴弾で何か細工していた男が、輪にしたワイヤーを磯辺の首にかけた。そのワイヤーは、天井に取り付けたフックを通っていた。

磯辺がテーブルの上に立つと、男はそのワイヤーを手榴弾のピンにくくりつけた。手榴弾は、テーブルの脚《あし》にガムテープで固定されている。

簡単な仕掛けだった。しかし、恐ろしい仕掛けだ。

磯辺は、テーブルの上で首吊《つ》り状態になる。磯辺が転んだり、テーブルが倒れたりしたら、単に磯辺は首を絞められるだけではすまない。

手榴弾の安全ピンが抜け、レバーが弾《はじ》けて信管に着火する。手榴弾が爆発するのだ。

磯辺は、男たちの意図《いと》を悟って身震いした。

日本人が言った。

「そこにあるカラシニコフF1手榴弾は、四秒ほどの信管が付いているが、その男は、それを短くしている。安全ピンが抜けたら、逃げる暇はない。どかん、だ」

磯辺は、テーブルの上に立ちつづけていなければならない。

「これは、われわれの慈悲だよ。誰かが助けに来たなら、君は助かる」

磯辺は顔面に汗を浮かべ、震えながら言った。

「ばかな……。ここで手榴弾が爆発したら、君らだって助からん」

「もちろんだ。私たちは、ここにいるつもりはない。これから、様子を見るのだ。日本人たちがどういう出方をするか、ね……」

彼は、ポラロイド・カメラを構えて、何枚か撮《と》った。

「『公英社』では、あなたの無事な姿を見たいと言っている。この写真を見れば感激すると思うがな……」

「なんのためにこんなことを……」

「私たちが本気だということを知らせたい」

「降ろしてくれ。私はこんな目に遭《あ》ういわれはない」

「理由はあるのだ。あなたは、イスラム法によって死刑を宣告されたのだ。ここにいる三人のムスリムに八つ裂きにされないだけでもありがたいと思うのだな」

磯辺は、思わず、三人を見た。三人は、日本語で交《か》わされる会話が理解できない様子だった。ただ、単に関心がないだけかもしれない。とにかく、誰も反応を見せなかった。

「あまり興奮しないほうがいい。これから、そこに立ちつづけなければならない。リラックスしていないと早く疲労してしまう。バランスを崩《くず》してテーブルから転げ落ちるだけで爆発してしまうんだ」

彼の言うとおりだった。

自律神経系統は、意識によって大きく左右される。リラックスしていると、人間はかなりのことに耐えられるが、緊張していると驚くほど消耗してしまう。

「さて、私は、ちょっとドライブをしてこの写真を届けてこよう。明日は、土曜日で郵便を使ったらどんなに急いでも届くのが月曜日になってしまう。それまで、あなたが持たないかもしれない。私は、あなたのチャンスをなるべく大きくしてあげたい」

男たちは、武器を取った。腰に拳銃《けんじゅう》を差し、手に自動小銃を持っている。拳銃は、ガバメントで、自動小銃は、アーマライトM16だった。新品ではなく、ベトナム戦争時代に活躍した旧タイプのA1だった。

「では、幸運を祈るよ」

男たちは、出ていった。

ひとり残された磯辺は、絶望を感じていた。誰かが助けに来るとは思えなかった。警察がここを突き止めるまでにどれくらいの時間がかかるだろう？　それまで不安定な体勢で立ちつづけている自信はなかった。

磯辺はパニックに陥《おちい》りそうになった。いっそのこと、思い切って飛び降りて楽になりたい。彼は一瞬そう思った。

しかし、彼は、その考えを無理やり頭から追い出した。とにかく、チャンスはゼロではない。誰かが助けに来るかもしれない。それを信じなければ……。

彼は、自分にそう言い聞かせようと努力を始めた。

磯辺がつかまっている建物は、瀟洒《しょうしゃ》な山荘だった。その周囲は雑木林になっている。急な斜面に建てられた山荘で、建物全体が斜面に突き出るような形で建設されている。

何本もの柱で土台を斜面に組み、その上に山荘を建てたのだ。その斜面は鬱蒼《うっそう》とした山林だ。

したがって、斜面の側から建物に近づくのはかなり困難だった。

日本人が、4WDの車に乗り込むと、三人の外国人は、手短に打ち合わせを始めた。彼らは終始ペルシア語でしゃべっていた。

三人は、イラン人だった。志願して兵役についたが、軍隊では、兵卒と将校は最初から区別されていた。彼らは優秀な兵士だったが、どんなに戦功を立てても一定以上の出世は望めなかった。

三人は、相談して国を出て、金のために戦うようになった。三人は、どんな戦闘の場面でもいっしょだった。たいていの傭兵《ようへい》は一匹狼《おおかみ》なので、彼らはかなり特殊な例だった。

三人のチームはたちまち名を売った。

彼らは、カーン、アブドル、それにイブンと呼ばれていた。それが本名かは、明らかではない。

カーンと呼ばれるのは、身長の高い男だった。彼は目が大変によく、スナイパーの役割を担《にな》っている。また、彼は、目だけではなく、他の感覚も優《すぐ》れていた。敵の気配をいち早く察知するのだ。彼は三人のセンサー役だった。

アブドルは、格闘術の専門家だった。北部の山岳地帯の出身で、山刀を使う格闘技で右に出る者はいない。背は高くないが、肩幅が広く、見るからにタフそうな体格をしている。

彼の腕や脚は、大木の根のように太く、筋肉が発達していた。

イブンは痩《や》せた男で、貧弱な体格に見えるが、その頭脳は頼りになった。彼は爆薬の専門家だ。爆薬は、その種類や破壊する対象によって量を決定しなければならない。例えば、TNT火薬で鋼材を爆破する際には、鋼材の断面積を三八で割る。その数字がキログラム単位の爆薬の重量ということになる。

樹木を破壊するときには、樹木の直径の二乗を三千五百で割る。地面に穴を空けたい場合は、その直径の三乗に地面の抗力係数と一・六五を掛ける。

イブンの頭のなかには、そうした数字がすべてインプットされている。長い間の経験で、見ただけで必要な爆薬の量がわかるようになっていた。

また、彼は時限爆弾やブービートラップなどあらゆる種類の仕掛けにも精通していた。

アブドルがペルシア語で言った。

「散開する。近づく者がいたらすべて敵と見なす。イブンはトラップを仕掛けておけ」

三人のなかで、指示を出すのはアブドルの役目だった。

イブンが言った。

「歩き回らないことだ。俺のトラップに引っ掛かってお前らがミンチになっても知らんぞ」

「心配するな。それほど間抜けじゃない」

背の高いカーンが言った。

彼らは今まで、できるだけ口をきかなかった。会話をすることで、人形に生命が宿《やど》ったような感覚を互いに味わっていた。彼らは、全員覆面をしていたので、なおさらそういう気がしたのだった。

アブドルが言った。

「さて、それでは、それぞれの持ち場に散ろうか。百万ドルの夢にうっとりして、へまをやるな」

三人は、山荘を取り囲む山林のなかに消えていった。

犯人のなかの日本人は、車に乗ると目出し帽を脱ぎ捨てた。彼は、御殿場《ごてんば》のインターチェンジに出るまで、一度も迷わなかった。何度か別荘に来たことがあるのだった。御殿場インターチェンジから東名《とうめい》高速道路に乗り、ひたすら東京に向かう。東京へのドライブも彼にとっては苦にならなかった。彼は、この誘拐を楽しんでいるのだ。

彼にとってはゲームでしかなかった。

百万ドルはもちろん欲しかった。だが、それよりも、自分の計画が成功するという事実のほうが彼には大きかった。

彼は、まだ三十二歳という若さだが、二十《はたち》になるかならないかのときに、やはり、日本を抜け出して戦場で銃を取ったのだった。

彼は、主にボスニア・ヘルツェゴビナで戦った。抜け道のない戦いのための毎日だったが、彼はゲームの感覚で楽しんでいた。

金曜日の夜で、下りは混《こ》んでいたが、上りは空《す》いていた。彼は、間違ってもスピード違反などでつかまったりしないように、慎重に車を走らせた。

やがて、東京に着いた彼は、そのまま首都高に入り、神田《かんだ》橋《ばし》で降りた。『公英社』の立派なビルが見える。彼は、車を路上駐車して、『公英社』の裏口へ向かった。

行動にもまったく躊躇《ちゆうちよ》がなかった。彼は『公英社』のことも充分に下調べしてあるに違いなかった。

裏口には、守衛がいる窓口があった。彼は、ポラロイド写真が三枚入った封筒をその窓口の前にそっと置いた。守衛は気づかずにいる。封筒には、「重要『イスラム聖戦革命機構』」と書かれていた。

彼は、来たときと同様にそっと窓口を離れた。

守衛がその封筒を発見して、どう扱うかが、磯辺の運命の分かれ道となるな……。

彼は、そう心のなかでつぶやき、かすかに微笑《ほほえ》んだ。

帰り道のドライブも快適だった。

「さて、惰眠《だみん》を貪《むさぼ》っている愚かな日本人が、一泡吹くことになる……」

ハンドルを操《あやつ》りながら、彼は、声に出してつぶやいていた。

9　地下室

　ジェイコブは、コンパートメントに仕切られた自分のデスクから、電話をしていた。今日最初の電話だった。

　相手はすぐに出た。

「やあ、ラリーか?」

　ジェイコブは英語でしゃべっていた。

「そう。『ラリー・トレーディング』のラリーだが、そっちは誰だ?」

「ウォルター・ジェイコブだ。土曜日に働いているとは感心だ」

「たまげたな……。ウォルターか! この前会ったのはどこだっけ? アンゴラか? いや、ソマリアだっけ?」

「いずれにしろ、もう十年も前の話だ。ところで、ラリー、欲しい品物があるんだが……」

「何だ? ジーパンから米軍の放出品、宝石、ディズニーのキャラクター……。何でも輸入して差し上げるぜ」

「おまえが最も得意としている商品だよ」

「さて……」

「しらばくれなくてもいい、ラリー。これからそちらに行って買いたい。現金だ」

「かなわねえな……。どうして俺が日本でそういう商売をしていることを知ってるんだ？」

「蛇《じゃ》の道は蛇《へび》だよ。十一時でどうだ？」

「うちの倉庫を知っているか？」

「知っている」

「オフィスではなく、倉庫に来てくれ。十一時」

ジェイコブは電話を切った。

そしてすぐに『公英社』の編集部にかけた。

「江木さんを……」

「私です」

「ウォルター・ジェイコブです。その後、何かありましたか？」

「今、電話しようと考えていたところだ。実は、昨夜のうちに、写真が届いていたんだ」

「写真……？　何の？」

「磯辺さんの写真だ。夜間の受付をやってくれる守衛が、今朝、俺に直接封筒を持ってきた。俺は、すぐに警察にその写真を届けなければならなかった。ポラロイド写真が三枚だ」

「それでは、私たちはその写真を見ることはもうできないということですね?」

「いや。コンピュータのハードディスクにスキャナーで取り込んでおいた。カラーコピー機でいつでも取り出せる。かなりの解像度だ」

「わかりました。これからそれを取りにうかがいます」

ジェイコブは電話を切った。

今度は、工藤にかけた。呼び出し音一回で出た。工藤が、戦いに備えて待機していると言ったのは、嘘《うそ》ではなさそうだとジェイコブは思った。

「ウォルター・ジェイコブだ。犯人から写真が届いたそうだ。『公英社』の江木という男を訪ねてくれ」

「『公英社』の江木だな……」

「私はこれから、必要なものをそろえに行かなければならない。写真を見ておいてくれ。午後に、そちらを訪ねる」

「わかった。あ、ジェイコブ……」

「何だ?」

「道具は三人分にしてくれ」

「誰を連れていくか決めたのか?」

「それについては、あとで説明する」

「了解した」

電話を切ると、ジェイコブは、つぶやいた。

「人質の写真だと……？　まったく、ゲリラのやり口じゃないか……」

工藤は、すぐに『公英社』の電話番号を調べて江木に電話をした。これから訪ねることを告げ、『公英社』の場所を詳しく訊《き》いた。

「『バックラー警備保障』の人ですか？」

江木は工藤に尋ねた。

「ウォルター・ジェイコブに雇われました。社員ではなく、エージェントです」

工藤は、答えた。エージェントというのは便利な言葉だ。アメリカあたりだと、正式な代理人を意味して、それなりのしっかりした契約が必要なのだが、日本では、かなり曖昧《あいまい》な使われ方をする。

旅行や広告の代理店から、芸能プロダクションのような会社もエージェントで通用するし、アルバイトのスタッフもエージェントと呼ばれたりする。

また、契約社員をエージェントと呼ぶこともある。

江木はジェイコブの名を聞いて、工藤を信用した。

工藤は、電話を切ると、すぐさま、パジェロで神田の『公英社』に向かった。

フルカラー印刷のプリントアウトを見て、工藤は、思わず唸《うな》っていた。

一刻を争う事態であることがわかった。

コンピュータに取り込んであった画像のカラーコピーは、江木が言ったとおり、かなりの解像度だった。細かい部分まではっきりと再現されている。

テーブルの脚にくくり付けられている手榴弾《しゅりゅうだん》がはっきりと見て取れた。工藤には、その信管とレバーの形から、ロシア製のカラシニコフＦ１型であることさえわかった。

ワイヤーも写っている。ワイヤーはさすがに細い光の線でしかなかったが、どういう状態になっているかは充分に理解できた。

残酷な仕掛けだ。一種の時限爆弾とも言える。磯辺の体力が尽きたときが爆発の瞬間なのだ。

「この写真は、警察に渡したのですね？」

工藤は江木に尋ねた。

「渡しました」

「警察では何か言っていましたか？」

「別に何も……」

「これが、写真を撮《と》るためだけの演出だと思いたいですね。でないと、磯辺さんは、常に死の危険にさらされていることになる」

「この写真はどういうことなのですか？」

工藤は、意外そうな顔で江木を見た。

江木は、まだ磯辺の危機に気づいていないようだった。工藤は、写真のカラーコピーを指さして説明をした。

「いいですか？　細いワイヤーが磯辺さんの首に巻かれている。そのワイヤーは天井のフックのような金具を通り、テーブルの下に伸びている。ワイヤーの端はここに見えている手榴弾の安全ピンに縛りつけられているのです」

「どういうことです？」

「つまり、磯辺さんが倒れるかテーブルから落ちるかしてワイヤーを引っ張ると手榴弾の安全ピンが抜ける。手榴弾は安全ピンが抜けるとレバーが飛び、信管に着火します。通常の信管だと四秒ほどで爆発します。おそらく、この手榴弾は、信管を短くしてあり、レバーが飛ぶとすぐに爆発するようになっているでしょう」

江木はあらためてカラーのコピーを見た。顔色が失《う》せていた。写真の恐ろしい意味にようやく気づいたのだ。

江木は、犯人たちが、単に磯辺の無事を知らせる写真を置いていったのだと思い込んでいたのだ。

「役員会議室の刑事たちにそれを知らせなければ……」

工藤は、コピーを封筒に収めた。

「犯人グループから、連絡があるはずです。すぐにジェイコブに知らせてください」

「わかりました」

江木は役員会議室に向かった。工藤は、『公英社』を出て、自宅に戻ることにした。

横須賀《よこすか》の倉庫街の一画に『ラリー・トレーディング』の倉庫があった。

ラリーは米軍の退役軍人だった。もと海兵隊の猛者《もさ》だ。日本で最後の軍役を終え、そのまま横須賀に住み着いたのだ。

『ラリー・トレーディング』は個人輸入の代理店だ。さまざまな商品を世界各国から輸入する代理業務を行なっている。

一般に、『ラリー・トレーディング』の名はあまり知られていない。細々と商売を続けているに過ぎない。

しかし、ある特別な人々の間ではラリーの名は有名だった。彼は武器を提供してくれるのだ。最近は、日本でも拳銃《けんじゅう》が珍しくはなくなったが、さすがにサブマシンガンや自動小銃は滅多に手に入らない。

だが、ラリーはそれらをそろえることができるのだった。東西の対立がはっきりとしていた冷戦時代、各国のスパイたちが日本にやってきていた。

入国に際して、銃の所持が厳しくチェックされるため、スパイたちは、日本にやってきてから武器を手に入れる必要があった。実際には、日本国内で銃を使う機会などほとんどないのだが、スパイたちのなかには、習慣上銃を持たずにはいられない連中もいた。

そういう連中が、ラリーを利用するのだった。

冷戦時代が終わっても、不思議なことに武器の需要はなくならなかった。その点について、ラリーははっきりとした理由を見つけることはできなかった。

現在、多くの外国人が日本で働いている。大使館の職員であったり、民間企業の社員だったりするが、かなりの割合でスパイがいるといわれている。

冷戦時代のような軍事的・政治的なスパイではなく、産業スパイだ。産業スパイの武器は、銃ではなく主にコンピュータなのだが、それでも銃がないと不安に感じる人々もいる。

ラリーは、突き詰めれば習慣の違いということだろうと思った。

ヨーロッパから来る人間は、日本という銃のない社会に難なく順応することができる。だが、概してアメリカから来る非合法活動員たちは、銃のない社会というものを信用することができないのだ。

ジェイコブが到着したとき、ラリーはすでに倉庫のなかで待っていた。

ラリーは青い目をした巨漢で、陽気な男だった。ジェイコブを見ると、笑顔を見せて手を差し出した。

「よく来たな、ウォルター」

ジェイコブはラリーの手を握った。

その瞬間、ジェイコブはぐいと引っ張られた。はっと身を引こうとしたが、遅かった。

ジェイコブの右手は背中のほうにねじり上げられた。ラリーは、左腕をジェイコブの首に巻き付けた。

背後にぴたりと身を寄せると、ラリーは言った。「よく聞け、ユダヤ人。このラリーさまの裏の稼業は極秘なんだ。信用できないやつとは取引きはしない。口の軽そうなやつは生かしておくこともできない」

海兵隊で鍛《きた》えたラリーの関節技は完璧《かんぺき》に近かった。ジェイコブは身動きが取れない。腕を固められたまま、首を絞《し》められている。ラリーがその気なら、本当に殺されてしまう。

ジェイコブは、首を絞められているため声も出せなかった。

（くそったれ……！）

ジェイコブは、力のかぎりラリーの足の甲を踵《かかと》で踏みつけた。

「うおっ」

ラリーが呻《うめ》き声とも悲鳴ともつかない奇妙な声を上げた。足の甲は急所だ。絞めが緩《ゆる》んだ。その瞬間をジェイコブは見逃さなかった。ラリーの腕を両手でつかみ、体重を落とす。

ジェイコブは、ラリーの腕を首に巻き付けたまま、腰をはね上げた。

ラリーの巨体が軽々と宙を舞った。変形の背負い投げだった。

投げに巻き込まれ、ジェイコブも倒れた。しかし、それでかえって体を浴びせるような形になり、ラリーに受け身を取らせにくくした。

倉庫の床は、コンクリート製だった。ラリーは、背と腰を打ちつけ、動けなくなった。

弱々しく苦痛にもがいている。

立ち上がると、ジェイコブは言った。

「信用できないやつとは取引きしないだと、このアイリッシュ野郎。おまえが金次第だってことは、世界中のテロリストが知ってるんだ」

ラリーは苦しげに呻《うめ》くと何とか上半身を起こした。

「おまえは、手加減というものを知らないのか？　ウォルター……」

「私の首をへし折ろうとしておいて、何が手加減だ」

「冗談のわからないやつだ……」

「ああ。私は、頭の固いユダヤ人だ。さあ、早く起き上がって、商談を始めるんだ」

ラリーは、のそのそと起き上がった。

「あんたを怒らせたらただではすまないということを思い出したよ。だが、こちらもほいほいと近づいてくる人間を受け入れるわけにはいかない。俺なりの確認が必要なんだ。わかるだろう、ウォルター……」

そのときになって、初めてジェイコブはにやりと笑った。

「冗談がわからないのは、おまえも同じことだな、ラリー」

ラリーは、ぶつぶつと何事かつぶやきながら、倉庫の奥へ進んだ。彼は、積み上げられている段ボールの箱を脇《わき》に寄せた。箱の下に鉄板の蓋《ふた》が現われた。その蓋を持ち上げると、地下へ降りる階段が見えた。

「こっちだ」

ラリーが階段を下っていった。

地下室は、倉庫とはまったく違う印象があった。まず、防音効果の高い分厚《ぶあつ》いドアがあり、その向こうは、広い射撃レンジとなっていた。

壁と天井は隈《くま》なく吸音材で覆《おお》われている。さらに、硝煙を排出する換気扇が付いていた。銃声を完全に外に洩《も》れなくすることは不可能だが、かなり抑《おさ》えられるはずだった。

「さて、何がお望みだ？」

ラリーは尋ねた。

「サブマシンガンと拳銃を三挺《ちょう》ずつ」

「サブマシンガンだって……。いったい何をやらかすつもりだ」

ジェイコブは、またにやりと笑って見せた。

「何をやるか知りたいのか？」

ラリーは溜息《ためいき》をついて肩をすくめた。

「いや、知らないほうがよさそうだ。拳銃はリボルバーがいいのか？　それともオートマチックか？」

「オートマチック。装弾数が多い銃がいい。サブマシンガンと弾《たま》が共通だとさらにいいな」

「九ミリ・オートだな……」

ラリーは、棚に近づいた。

そこに無造作に並べてある拳銃は、どれも手入れが充分に行き届いているように見えた。スライドとレシーバの間の溝や、ハンマーのあたりにオイルが光っている。

棚にさまざまな拳銃が並んでいるさまは、まるで、アメリカの銃砲店を思わせた。

ラリーは、まず、サブマシンガンを取り出した。

「MP5だ。アメリカで売るときは、法律によりフルオートの機構を外《はず》さなければならないが、こいつはそれをもとに戻してある」

ジェイコブはその選択に満足した。ヘッケラー・アンド・コックの九ミリ・サブマシンガンで、もちろんフルオートで撃つことができる強力な銃だが、セミオートで撃ったときの命中精度がいいので有名だった。

一気に掃射することもできれば、ピン・ポイントの狙撃《そげき》にもそれなりに威力を発揮してくれる。

「数はそろうのか？」

「三挺だったな？　問題ない」

ラリーは言葉どおり、三挺のMP5を木製のテーブルの上に並べた。棚から取り出したとき、薬室をオープンにするのを忘れなかった。

「さて……」

ラリーは、両手を腰に当てて考えた。「MP5と同じ、九ミリ・パラベラム弾を使うオートマチックとなると、何種類もあるが、何にする？　ベビー・イーグルでも持っていくか？」

「おい、おれは、ユダヤ系だがイスラエル人じゃない。アメリカ人なんだ」

ベビー・イーグルはイスラエルの銃だ。

「俺のお勧《すす》めは、Cz75だが……」

「SIGはあるか？」

「ザウアーか？　もちろんだ。ああ、SIGザウアーも悪くない」

SIGザウアーは、スイスで設計されドイツで製造された名銃で、陸上自衛隊が制式採用している。

「SIGザウアーはたいへんにバランスのいい銃だ」

ジェイコブが言った。「マガジンの装弾数も十五発と多く、申し分ない」

ラリーは、棚から、SIGザウアーを取り出してきた。すぐにスライドを引いてオープンにする。銃を置いておくときのルールだ。ジェイコブは、MP5を手に取った。セレクター・レバーをSAFEの位置にして、肩当てを止めてあるピンを外《はず》す。

肩当てを後ろに引き抜いた。そうすると、グリップの部分が外れた。

「おい、フィールド・ストリッピングか？　心配ないって」

「銃は、この眼で確かめないと信用できない」

ラリーは、また溜息をついた。

グリップを外すと、銃身やボルト、リコイル・スプリングが後方に抜き出すことができた。さらに、マガジン・キャッチの脇についているピンを抜くと、グリップと引き金の部分が分解できた。さらに、セーフティー・レバーを最上部まで回して抜き取ると、引き金のブロックがそのまま抜き出すことができた。

三挺のMP5を瞬《また》く間にばらばらにして、入念に調べた。再び組み立てる。今度は、SIGザウアーを手に取った。スライドはオープンになっている。その状態でトリガーの上に付いているレバーを押し下げる。さらにスライドを少し引くと、スライド・キャッチが外れた。そのままスライドを前に抜き出すことができる。リコイル・スプリングとそのガイドを銃身から外して後方へ抜き取った。最後に銃身をスライドから取り出した。

三十秒とかからない早業《はやわざ》だった。

「SIGザウアーのいいところだ。分解が他の九ミリ・オートに比べてたいへん楽なのだ」

つぶやくようにジェイコブが言った。

やはり、三挺の銃をすべて分解し、銃身や、ファイアリング・ピンを点検した。その後に素早く組み立てた。

「満足したかね？」

「結構。弾を合計で九百発ほどほしい。マガジン・クリップも多いほどいい」

「マガジン・クリップくらいサービスさせてもらうよ」

「それで、幾らだ？」

「日本円で三百万」

「冗談だろう」

「そう言うと思った。だが、これだけの商品を日本でそろえる手間隙《てまひま》を考えてくれ」

「二百万以上はびた一文出せない」

「二百万だって……。冗談じゃない……」

「元は取れるはずだ」

「ここはアメリカじゃないんだ」

「こっちだってそれ以上の経費は掛けられない」

「オーケイ。二百五十万だ」

「二百万だ」

「まったく、あんたといい、マサムネといい、なんてやつらだ」

「今、何と言った……」

「マサムネだ。知っているだろう。あの、日本人だ」

「マサムネがここに来たのか？」

「物騒なやつを連れてきたよ。だれだと思う？　アブドルだ」

「アブドルだって？　カーン、アブドル、イブンのあのアブドルか？」

「そうだよ。M16A1とガバメント、それに手榴弾を六つ買っていった」

「ラリー。二百五十万出そう。五十万は情報提供料だ」

「何だって……。マサムネやカーンと何の関係があるんだ?」

「おそらく、俺たちは、やつらと戦うことになる」

10 挑発

「マサムネだって……」

工藤は、ジェイコブから話を聞いて顔色を変えた。

ジェイコブは、『ラリー・トレーディング』の倉庫からまっすぐ『ミスティー』にやってきていた。武器は車に積んだままだった。

『ミスティー』には、黒崎と亜希子も出てきている。通常の土曜の夜は営業をする。黒崎と亜希子は、仕込みにやってきていた。

「ああ……」

ジェイコブは、むずかしい顔で答えた。「それだけじゃない。マサムネは、アブドルを連れていたそうだ」

「アブドルだって……。じゃ、おまえが見た誘拐犯は、カーン、アブドル、イブンの三人だということか?」

「そうだろうな。手際がよかったはずだ」

「何の話?」

亜希子が尋ねた。

工藤は、ジェイコブと同じく深刻そうな表情で言った。

「マサムネというのは、ヘルツェゴビナで名を上げた日本人の兵士だ。イスラム勢力の側について戦った。功名心の強い男だと聞いている」

「アブドルというのは？」

「カーン、アブドル、イブンの三人は、これも有名な傭兵《ようへい》だ。常に三人一組で行動する。きわめて物騒なプロ中のプロだ」

「なんでそんな連中が日本で誘拐事件を……？」

「戦争が金にならなくなったんだ。ボスニア・ヘルツェゴビナは泥沼化した。どの勢力も疲弊《ひへい》している。兵士に満足に金を払えなくなったのだろう。アフリカの紛争地帯でも同じようなことが起きている。かつては、米ソがバックについて武器や資金を供与していた。しかし、冷戦時代が終わり、世界は民族闘争の時代に突入した。どこの国も貧しいままで戦いを続けざるを得なくなっているんだ」

「金を払える雇い主がいなくなりつつあるということ？」

「そういうことだな……」

「どこで出会ったか知らないが……」

ジェイコブが言った。「マサムネとアブドルたち三人は出会った。それで、一攫千金《いっかくせんきん》の計画を立てたというわけだな……」

工藤が言った。

「おそらくボスニア・ヘルツェゴビナで出会ったのだろうな……。金を儲《もう》けようと思ったら日本が一番だ。世界中の人間がそう思っている」

「厄介《やっかい》な相手だ……。救出には時間がかかるかもしれない」

「だが、そうも言っていられない」

工藤は、『公英社』の江木から受け取った写真のカラーコピーを袋から取り出し、ジェイコブに見せた。

ジェイコブは、カウンターの上の明かりでこのコピーをよく見ようとした。

ジェイコブの表情がさらに険《けわ》しくなった。彼は、拳《こぶし》でカウンターを叩《たた》いた。

「くそっ。こいつは、人間の肉体を使った時限爆弾だ」

亜希子が写真のコピーを覗《のぞ》き込んだ。しばらく眺めていた彼女は、その写真の意味を理解した。

「手榴弾《しゅりゅうだん》ね……」

ジェイコブは、言った。

「やつらは、手榴弾を六個手に入れたと言っていた。M16A1ライフルにガバメントを買っている」

「やはり戦争のつもりでいやがる……」

工藤は言った。「だが、連中がどこにいるのかわからなければどうしようもない」

「うちの調査班の報告か、警察の報告を待つしかないな……」

「この写真からじゃ、どこなのかわからないな……」

「待つしかない」

「そのようだな……」

「武器は三人分用意した。だが、誰が行くんだ？」

「彼女だ」

工藤は亜希子を指さした。

ジェイコブは亜希子を見て、それからもの問いたげな表情で工藤を見た。

工藤は、質問される前に言った。

「彼女は、充分に訓練を受けている。銃の扱いにも慣れている。援護の役目は果たせるはずだ」

「おまえが選んだのだから、文句はないよ。世界の紛争地帯では、女性の兵士がたくさん戦っている。武器は、MP5とSIGザウアーだ」

「マガジン・クリップにカートリッジを詰めておこう。俺の部屋に運ぼう」

工藤とジェイコブは、車のトランクから九ミリ・パラベラム弾の五十発入りの箱とMP5用とSIGザウアー用の二種類のマガジン・クリップを取り出し、店の奥の工藤の部屋に運んだ。

サブマシンガンと拳銃《けんじゅう》は、内側にスポンジを張った運搬用のハードケースに収《おさ》められている。ハードケースはふたつあった。ハードケースはそのままトランクに残した。

工藤とジェイコブ、そして亜希子の三人は黙々とマガジンに弾を詰めた。いずれのマガジンもフルロードにする。

工藤は、そうした作業を始めると、気分が落ち着いてくるのを感じた。テンションが高いままで、なおかつ静かな気分になってくる。

それは、戦いの準備が整《ととの》いつつあることを物語っていた。


夕方の五時に電話が鳴った。

『公英社』の役員会議室に緊張が走った。刑事のひとりがモニターのヘッドホンをかけ、さっと目配《めくば》せをする。別の刑事が、NTTに電話をかけるために会議室を飛び出していった。もうひとりの刑事が、テープレコーダの録音スイッチを押した。

麻生治常務が受話器を取った。

「『イスラム聖戦革命機構』だ。写真は受け取ってくれたかな?」

「受け取った」

麻生常務の声が、緊張のためにうわずった。江木の説明のおかげで、その場にいるすべての人が写真の意味を知っていた。麻生は、その写真を見て恐怖を感じていた。「磯辺さんが生きていることはわかった。しかし、これでは、無事だとは言えない」

「われわれは、銀行への入金を確認したら、すぐに姿を消す。そのあとに、助ければいい」

「今日は土曜日。入金の期限は、月曜日だ。それまで磯辺さんが持たないかもしれない……」

「人間、その気になれば、意外と耐えられるものだ。磯辺氏の体力と気力に賭《か》けてみることだ」

「すぐにこの仕掛けを外してくれ。磯辺さんに危険がないことを確認するまで、金を払うことはできない」

「勘違いしてはいけない。磯辺氏は、単なる人質ではない。イスラム法の犯罪者だ。われわれは、磯辺氏を勾留《こうりゅう》しているのだ」

「われわれは、磯辺氏の安全を望んでいる。彼が安全な状況に置かれるまで、金は払えない」

「ならば、腕ずくで助ければいい」

相手の声がにわかに冷酷な感じになった。麻生常務や、モニターで会話を聞いていた刑事たちにはそれがはっきりとわかった。

麻生常務は、緊張した。

「腕ずくとはどういうことだ?」

「磯辺氏がどこに勾留されているか早く突きとめて、助け出すことだ」

「助け出すだって……」

「そう。近くに警察官がいて、この会話を聞いているのだろう。そして、電話の逆探知をしているはずだ。そろそろ、こちらがどこから電話をかけているか突きとめるころだろう?」

麻生常務は言葉を失いかけた。相手が楽しんでいるような気がしたのだ。思わず麻生は、刑事の顔を見ていた。会話が途絶《とだ》えるのは好ましくなかった。

刑事は、メモに走り書きをした。麻生常務がそれを読む。

「私たちは、あくまでも磯辺さんの安全を願っているのだ。君たちを出し抜こうなどと考えているわけではない」

「私は、故意に長話をしている。警察にヒントを与えようとしている。囚人を取り返しに来るがいい。その結果、どうしても私たちに金を払いたくなるはずだ」

「どういう意味だ?」

「私たちに戦いを挑んだことを後悔するはずだ」

「戦いを挑むだって……?」

「もし、金を振り込む前に、私たちに近づく者があれば、それは敵対行為と見なす」

「敵対行為……?」

「私が言ったことを、肝《きも》に銘じておくことだ」

電話が切れた。

麻生常務が受話器を置くと、会話を聞いていた刑事が言った。

「くそっ」

彼は、警部補だった。「こいつは愉快犯だ。ゲームをやっているつもりなんだ」

会議室のドアが勢いよく開き、刑事が言った。

「逆探知、結果、出ました。箱根観光ホテル内の公衆電話です。本部から、神奈川県警に連絡が行きました。捜査員が急行しているはずです」

「よし、網《あみ》は狭まりつつある。あとは時間の問題だ」

警部補がそうつぶやくのを聞いて、江木は、言葉どおり受け取りたいと思った。しかし、それは、楽観的過ぎるということがわかっていた。

警部補は、部下の刑事に命じて、今の会話を再生させた。会議室に会話が流れる。江木はその会話を聞いて驚いた。犯人は、あきらかに警察を挑発しているようだった。

江木は、会議室を出ると、自分のデスクに行った。土曜日なので出勤している同僚はいなかった。彼はまず、『バックラー警備保障』に電話をかけ、ジェイコブが、『ミスティー』というバーにいると聞いた。

電話を切ると、すぐに『ミスティー』にかけなおした。

「バーにいるって？　この非常時に一杯やっているのか？」

ジェイコブが出ると、江木は言った。

「そうしたいのはやまやまだが、そうではありません。このバーにスタッフがふたりいます。打ち合わせをしていたのです。もちろん、酒は飲んでいない。まさか、文句を言うために電話をかけてきたのではないでしょうね？」

「犯人から電話があった。節根観光ホテルの公衆電話からかけてきたことがわかった。犯人は、警察が会話を聞いているのを予想していて、警察を挑発していた」

「挑発？　具体的にはどんなことを言ったのです？」

「磯辺さんは人質ではなく、イスラム法を犯《おか》した犯罪者として逮捕・勾留されているのだと言っていた。そして、安全を保障したいのだったら、腕ずくで救いに来いと言った。また、自分たちとの戦いを後悔する、とも言っていた」

「ほう……」

「そして、わざと長電話をして、居《い》場所のヒントを与えているのだというようなことを言っていた」

「わかりました」

「警察は、犯人の居場所をつきとめることに自信を持っているようだ」

「実績があるからでしょうね……」

「俺は、警察が犯人を見つけてからのほうが気になるんだが……」

「どういうふうに……？」

「第一には、もちろん磯辺さんの身の上だ。連中は何かあれば、簡単に磯辺さんを殺してしまうような気がする」

「そうかもしれません」

「そして、犯人たちは、警察に戦いを挑んでいるような気がする。普通、誘拐犯は、極端に潜伏場所がばれるのを恐れるものだ。そうだろう？　なのに、今回は、どうもそうではないような気がする。居場所を知られたがっているようですらある」

「武装しているから、つかまらないという自信があるのかもしれませんね……」

ジェイコブはきわめてひかえめに言った。実際は、自信があるどころではない。

マサムネ、カーン、アブドル、イブンの四人は、拳銃しか持っていない警察官なら、簡単に全滅させてしまう力を持っているだろう。

「また何か展開があったら電話する」

江木は電話を切った。


箱根付近を捜査していた神奈川県警の捜査員たちは、指令所からの無線で一斉《いっせい》に動きはじめた。

何台かの覆面パトカーが箱根観光ホテルに駆けつけた。指定された公衆電話には、すでに犯人の姿はない。

捜査員たちは、目撃者の発見につとめた。その結果、問題の時間にその公衆電話を使っていた男を見ていたボーイが見つかった。

「自衛隊の方かと思いました。迷彩の野戦服を着ておいででしたから……。そのお客様なら……」

ボーイはこともなげに言った。「黒いランドクルーザーでおいでになって……。たぶん、まだ、その車は駐車場にあるはずですが……」

捜査員の何人かが、駐車場に急いだ。

レンタカーのランドクルーザーのなかで、マサムネは、微笑《ほほえ》んでいた。刑事たちが駆け寄ってくるのがわかる。すでにエンジンを掛けていた。

シフトレバーをドライブに入れると、マサムネは車を急発進させた。刑事たちの慌てふためく姿が見える。

ランドクルーザーは、坂道を上り、別荘地へ入っていった。磯辺を監禁してある山荘へと向かう。

サイレンが聞こえてきた。一台ではない。複数のパトカーが追ってくるようだった。マサムネは、ルームミラーで後方を見た。

カーブの向こうから、覆面パトカーが二台、姿を現わした。

「付いてこい……」

マサムネはつぶやいた。「この先、どういう運命が待っているか教えてやろうじゃないか……」

ランドクルーザーは、脇道《わきみち》にそれ、山林のなかを走った。やがて、磯辺を監禁している山荘の前に着く。マサムネは、運転席から飛び下りた。手にアーマライトM16自動小銃を持っている。彼は、山荘の脇の山林に駆け込んだ。

すでに、そのあたりには、アブドルたち三人が陣取っているはずだった。

二台の覆面パトカーがやってきてタイヤをスリップさせながら止まった。ドアが開き、刑事たちが合計四人、現われた。

刑事たちは、無造作に山荘に近づこうとした。誰も拳銃を抜いていない。彼らは、自分たちの権威に自信を持っていた。犯人の居場所を突きとめれば自分たちの勝ちだと信じているようだった。それから先があるとは思っていないのかもしれない。

突然、発砲音がした。

一番前を歩いていた刑事が、のけ反った。肩を撃ち抜かれていた。撃たれた刑事は、着弾の衝撃で気を失っていた。

一瞬、刑事たちは、何が起こったのかわからないようだった。

また銃声がした。今度は別の方角からだった。ふたり目の刑事が撃たれた。大腿部《だいたいぶ》を撃ち抜かれた。

地面にたちまち血溜《ちだま》りができた。残ったふたりの刑事は、撃たれた刑事たちを引きずって、やっとのことで、覆面パトカーのところへ戻った。

ひとりが無線で状況を説明し、応援を要請した。

その瞬間から、箱根の別荘地は、大騒ぎとなった。

11 面子《メンツ》

箱根の西側、台ヶ岳《だいがたけ》と仙石原《せんごくばら》高原に挟まれた別荘地の一帯に警官隊が集結しはじめた。誘拐とあって報道規制を敷いてきた警察だったが、犯人が警官ふたりに対して発砲した時点で事件を公《おおやけ》にしなければならなかった。別荘地には、警察の車両だけでなく、報道機関の車も殺到した。

『バックラー警備保障』の調査員たちは、すぐさまその動きを察知した。彼らは、独自に調査するだけでなく、県警の動きにも注意を払っていたのだ。

調査員たちは、警察がどこに集結するのかを確認して、その場から携帯電話で本社に連絡をした。

すでに日が落ちかけている。夕闇のなか、機動隊員がジュラルミンの楯《たて》を並べて隊列を組みはじめた。

「箱根の別荘地だな?」

『バックラー警備保障』からの電話を受け、ジェイコブは、うなずいていた。犯人が箱根にいるらしいという情報を得て、すでにジェイコブは、箱根の地図を手に入れていた。彼は、電話で詳しい場所を聞き、地図に印《しるし》を付けた。

工藤がその印を脇《わき》から覗《のぞ》き込んで確認した。工藤は出動の準備を始めていた。

亜希子がすぐにそれに倣《なら》った。彼女はどうすればいいかを心得ていた。工藤は迷彩の野戦服を着ている。亜希子も動きやすい恰好《かっこう》をしていた。『グリーン・アーク』のフィールド・ワークのときにいつも着ていたサファリ・スーツ姿だった。しっかりした生地《きじ》の実用的なスーツだ。トレッキング・シューズを履《は》いている。

工藤は編《あ》み上げのジャングル・ブーツを履いていた。

ジェイコブは、『バックラー警備保障』の制服のひとつである、濃紺の行動服を着ている。アメリカの警官を思わせるデザインの服で、これも充分に実用的だった。革《かわ》の足首までのブーツを履いているが、これも日本の機動隊が履いているものと同様に動きやすく実戦的な靴だった。

「警察が犯人のいる建物を取り囲んでいるらしい」

電話を切ると、ジェイコブが言った。

「人質がいるんだ。警察は、もっとこっそりと動くものと思っていたがな……」

「警察は組織力で勝負する。秘密で行動する段階ではないと判断したに違いない」

ジェイコブと工藤は、習慣どおり英語で会話をしていた。亜希子は、ふたりの会話を完全に理解できた。亜希子は、米語を母国語同様に話すことができる。

黒崎だけが蚊帳《かや》の外に置かれた感じだった。だが、黒崎は不満の表情を見せない。ひっそりと、カウンターのなかの、彼の定位置で工藤たちのやりとりを眺めていた。

工藤が言った。

「実力行使の段階だという警察の判断が間違いでなければいいがな……」

「私もそう思うよ」

「どうして……？」

亜希子が尋ねた。

工藤は、亜希子に言った。

「マサムネの動きが気になる。彼はわざと箱根から電話をしていることを警察に教えたような気がする。やつはそういうことをやる男だ」

「そういうこと……？」

「戦いをゲームだと考えている。彼にとって戦争は、何よりも楽しいゲームなのだ。ゲームというのは刺激があるから楽しい。マサムネは、死の恐怖を楽しんでいる」

「まさか……」

「そう。本物の死の恐怖に耐えられる人間はいない。彼は自分が本当に死ぬとは思っていない。勝ち残る自信がある。だから、ゲームを楽しめる」

「そして……」

ジェイコブが言った。「警察に大きな被害を与えれば、誰もが言いなりになるという計算があるのかもしれない。マサムネは、『公英社』や警察が素直に金を振り込むとは考えていないのだ。人質を取っても安心はしていない。警察をおびき寄せ、警察に戦いを挑み、そして警察に甚大な被害を与える。力でねじ伏せるつもりなんだ」

「急ごう。磯辺が持たんかもしれない」

三人が『ミスティー』を出ようとした。

「待てよ」

黒崎が言った。

工藤たちは振り返った。

「言っただろう。アキちゃんをひとりで行かせるわけにはいかない、と……」

工藤は尋ねた。

「俺たちの役に立ってくれるというわけか?」

「どうかな? 骨くらいは拾ってやれるかもしれない」

『公英社』の役員会議室にも緊張が走っていた。

犯人の潜伏場所がわかったという知らせが入ったのだ。知らせを受けた警部補は、電話の相手に尋ねた。

「人質もそこにいるということか?」

電話の相手は答えた。

「確認はとれていませんが、おそらく同じ場所に監禁されていると思います」

「状況は?」

「神奈川県警と静岡県警の警官隊が現場を包囲、警視庁からも機動隊が出動しています。付近は通行止め。一般人を避難させています」

「わかった」

警部補は電話を切った。

麻生常務、福島総務部長、江木、それにふたりの刑事が警部補に注目している。警部補は、今電話で聞いたことをそのまま報告した。

刑事たちは、興奮の面持《おもも》ちを見せた。

片方の刑事が言った。

「これで、犯人は袋の鼠《ねずみ》ですね」

江木は、その陳腐な言い回しに白けた思いがすると同時に、腹を立てた。

「現場を警官隊と機動隊が包囲してるだって……」

「そうだ」

警部補が答えた。

「磯辺さんはどうなる? 磯辺さんが危険だとは思わないのか?」

「隠密に行動するときではないのだ。犯人に圧力をかけ、諦《あきら》めさせるんだよ。もう、一刻も猶予ならないのは、あの写真を見ても明らかだろう」

「その写真の意味を正確に理解できなかったんじゃないか」

警部補は、江木を睨《にら》みつけた。

「今は理解している。私が理解しているということは、警察全体が理解しているということだ。警察には、蓄積されたノウハウがあるんだ。信頼してほしいものだね」

江木は、その場を出ていこうとした。

「どこへ行くんだね?」

警部補が尋ねた。「どうも、さきほどから出入りが多いようだが……」

「煙草《たばこ》を吸いに行くんですよ。この役員会議室は禁煙なもんでね……」

江木は、自分の席に戻ると、『ミスティー』に電話をかけた。社内には、いたるところに電話があるが、肝腎《かんじん》な電話はどうしても自分の席からかけたくなるのだった。

呼び出し音が虚《むな》しく繰り返される。

「くそっ、どうしたんだ……」

江木は、つぶやいた。

大切なときに電話が通じない。

(すでに、犯人の居場所を知って、何かの手を打ったために出掛けたと思いたいが……)

江木はそう考えた。諦めて受話器を置いたとき、編集部の出入口から声が聞こえた。

「どこに電話をしていたんだ?」

刑事のひとりが立っていた。警部補に言われて様子を見に来たのだろうと江木は思った。

「どこだっていいだろう?」

「質問に答えてもらおう。どこに電話をした？」

「答える必要はないだろう」

「いや、ある。あんたは、捜査上の情報を外に流していたのかもしれない」

「なんでそんなことを考えるんだ？」

「犯人は、警察が話を聞いていることを知っていた」

江木は、うんざりする思いだった。

「今どき、小学生だって知ってるさ。誘拐事件が起きたら、警察が犯人からの電話に対してどんなことをするか、な……」

「あんたは、何度も会議室を出ていった。挙動不審というやつなんだよ」

「あきれはててものが言えない。どうして、警察官というのはどいつもこいつも人を犯罪者扱いしたがるんだ？　いいか、俺は、磯辺さんのことを心配している。あんたたちよりずっと本気で心配しているんだ。その俺が、犯人に通じているわけがない」

「心配しているという気持ちを証明することはできない。警察は証明できないことは信用しないんだよ。さあ、どこにかけていたか言うんだ」

「言いたくないね」

江木は本心からそう思っていた。これまで警察官にそれほど強い反感を持ったことはなかった。駐車違反だの、スピード違反で検挙されたときには、腹を立てたが、それはごく一般的なことだ。警察官の身内以外に警察官や刑事に親近感を持つ者は少ない。

しかし、こうして何かの事件が起きて警察と関《かか》わってみると、その体質には我慢できないものがあると、江木は感じていた。

それは理屈ではなかった。刑事たちは、すべてが自分たちの管理下にあるように振る舞う。江木にはそう感じられたのだ。

もちろん、それは、犯罪を摘発して事件を解決しようという熱意の現われなのだが、江木は人一倍管理されることを嫌うタイプだった。

刑事が大股《おおまた》で近づいてきた。

「言いたくないなどという言いぐさは通らないんだよ。しゃべりたいようにしてやろうじゃないか」

江木は身の危険を感じた。それと同時にどうしようもないほどの嫌悪感を抱いた。いわれのない暴力を振るわれるときの怒りに似ている。相手が法の権力を後ろ楯《だて》にしているので、余計に始末が悪かった。その権力が恐怖を感じさせる。

刑事は、こちらへ来いという感じで、江木の襟《えり》をつかんだ。刑事にとっては、相手の襟首をつかむことなど日常茶飯事《にちじょうさはんじ》だ。

相手が犯罪者であろうがなかろうが、刑事はこういう行動を取る。そうでなければ生きていけない世界だ。

一方、江木は、型破りな編集者なのでさまざまな経験をしているとはいえ、所詮《しょせん》出版社の社員にすぎない。暴力には慣れていない。恐怖と怒りと嫌悪感で、彼は度を失った。

「何をするんだ！」

彼は、刑事の手を振りほどこうとした。

勢いよく手を振ったため、江木の肘《ひじ》が刑事の顔面に当たった。ちょうど頬骨《ほおぼね》のあたりだった。

「あっ……」

刑事は手を離して、頬を押さえた。

江木はしまったと思った。しかし、すでに遅かった。

刑事はすさまじい目つきで江木を睨《にら》んだ。彼は唸《うな》るように言った。

「この野郎……。公務執行妨害の現行犯だ……」

「何を言ってるんだ。そちらがつかみかかってきたんじゃないか」

「うるせえ……」

いきなり刑事は、殴りかかった。

江木は左側の頬にパンチを食らった。

痛みではなく、衝撃を感じた。目の前が眩《まぶ》しく光る。鼻の奥で何かの焦《こ》げるような臭いがする。

気がついたら、後ろの机にもたれかかっていた。

刑事は一発では満足しなかった。江木がよろよろとあとずさった分を一歩で詰めると、今度は、ストレートを見舞った。

江木は、鼻にストレートを食らった。

じいんと鼻が痺《しび》れ、風景が揺れた。と思うと、熱いものが鼻の奥から滴《したた》った。風邪をひいたときに鼻水が垂《た》れてくるような感じだった。鼻血だった。

鼻から流れた血は、着ていたシャツとジャンパーに染《し》みを作った。

鼻血を見ても刑事はまったく動じなかった。実際、血など刑事にとってみればどうということはなかった。彼らは、血を見るのも仕事の一部なのだ。

ヤクザが血に慣れているのと同じだ。

刑事は、もう一度、江木の襟をつかんだ。彼は、江木を引きずるようにして言った。

「こっちへ来い。話を聞かせてもらうぞ」

すでに、江木は抵抗する気をなくしていた。突然、暴力に遭遇した者はこうなってしまう。

彼は、エレベーターに乗せられ、役員会議室まで引っ張っていかれた。

麻生常務と福島部長は、目を丸くした。

「いったい何事だ……?」

麻生常務が言った。

警部補ともうひとりの刑事は、まったく表情を変えなかった。警部補は、通常の報告を聞くような調子で尋ねた。

「どうしたんだ?」

刑事が答えた。

「抵抗しましたんで……」

警部補はうなずいた。それだけだった。詳しい状況を訊《き》こうともしない。彼らにとっては大騒ぎするほどのことではないのだ。

江木は口をつぐんでいた。

何か言うとまた殴られるのが目に見えていた。

警部補がさきほどと同じ調子で尋ねた。

「それで、その人は何をしていたんだ?」

「どこかに電話をしていました。どこに電話をしたのか尋ねたところ、答えることを拒否しました。さらに質問しようとすると、肘で私の頬を殴ったのです」

「私たちの捜査を暴力で妨害すると、公務執行妨害という立派な罪になるんだ」

警部補が言った。

麻生常務と福島部長は、声を失っていた。江木は、何かがおかしいと感じていた。今はこんなことで揉《も》めているときではないはずだ。

江木は犯罪者ではない。磯辺を助けたいと真剣に考えているだけだ。その方法はあるいは、間違っているのかもしれない。

『バックラー警備保障』の連中は、法に触れることをやろうとしているようだ。それは何となくわかった。

しかし、磯辺にとって、そちらのほうが安全かもしれない。問題を解決する方法はひとつではないはずだ。いろいろな手段があり、選択の余地があるはずだ。

しかし、警察は、頭からひとつの方法しか認めようとしない。法律上それが正しいのだとしても、相手によっては、そうと言い切れない場合がある。そして、今回は、明らかに相手が悪いのだ。

江木だって、最初から警察を信用していなかったわけではない。この会議室には、二組の刑事たちが交替で詰めている。

彼らと接して、警察に反感を抱きはじめたのだ。刑事たちは、警察の方針に合わないものをけっして認めようとしない。

江木は、今起きている誘拐事件は、これまで警察が手掛けてきた単なる営利誘拐とは違うと考えていた。警察は犯人像を正確に捉《とら》えていないのではないかと感じていた。

その点で、江木は、ジェイコブのほうを信用するようになっていた。犯人たちが写した磯辺の写真を見て、ジェイコブのエージェントはすぐにその恐ろしい意味に気づいた。

刑事たちは、江木から話を聞いて、初めて気づいたのだ。

江木は、考えていた。

（警察がいつも正しいわけではない。警察が失敗を犯さないわけではない）

警察は、あまりに自分たちのやり方に固執しているように感じられた。それが、江木たちとの軋轢《あつれき》を生んでいるのだ。

麻生常務が、江木に言った。

「とにかく顔を洗ってきたらどうだ?」

江木を殴った刑事が言った。

「ここから動くな。まだ、こちらの質問に答えていない」

「待ちたまえ……」

麻生常務が驚いて言った。「彼は犯罪者じゃない。そんな扱いをされるいわれはないはずだ……」

「そいつは、こちらの質問に答えず、自分に暴力を振るった。これは、警部補が言われたとおり立派な犯罪だ」

麻生常務も福島部長も、江木同様に、何かがおかしいと思いはじめた。

刑事のあまりのかたくなさが理解できなかった。麻生常務も福島部長も経営者だった。頭の柔軟さを要求される立場だ。警察官の官僚主義にはついていけない。

麻生は言った。

「私には、君たちが犯罪者を作りだそうとしているようにしか見えない……」

「私たちは、彼がどこに電話をかけたのか知りたいだけだ」

警部補が言った。「さ、答えてもらおう。どこに電話をしたんだ?」

江木は、絶対に答えたくなかった。

答えたら、警察は『バックラー警備保障』に圧力をかけるに違いない。あるいは法的な処置を取るかもしれないと江木は思った。そうなれば、磯辺の命は、いまよりさらに危険になる。

ジェイコブたちも無事ではすまなくなる可能性がある。

「個人的な電話だ。答えたくない」

江木は言った。

「そういうことを言っていると、署まで来てもらうことになるな。警察をなめてはいけない」

警部補が言った。その瞬間に江木は、刑事たちが何にこだわっているのか気づいた。

彼らは、なめられるわけにはいかないのだ。警察とヤクザは、なめられたら仕事にならないとよく言われる。

（くだらない意地だ……）

江木は思った。そして、彼も意地を張ることにした。警察に面子《メンツ》があるなら、彼にも面子がある。

「私たちが争う必要があるのですか？」

それまで滅多に口を開かなかった福島部長が言った。「誘拐事件が片づいたら、いくらでも法的な処置を受けましょう。だが、今はそういう場合ではないと思う。冷静になって考えてください」

警部補は、部長の顔を見た。彼は、急に興味を無《な》くしたような表情になった。

「今後、気をつけることだ……」

彼は、その一言で揉め事にけりをつけた。

12 緊張

磯辺良一は、これほど長くじっと立っていたことは、これまでの人生で一度もなかった。すでに二十四時間以上立ちつづけている。絶望とパニックが、何度も襲ってきた。体力的にも刻一刻と限界が近づいてきている。

パニックは、時間を置いて間欠《かんけつ》的にやってくる。

狂おしいほどの不安感で、実際に呼吸が苦しくなった。磯辺良一は、歯を食いしばって耐えた。

最初の数時間は、汗をかいていた。しかし、やがて汗も出なくなった。

尿意が彼を苦しめたが、いつしか、磯辺はその苦しみを我慢する必要などないのだと気づいた。

彼は、立ったまま小便を垂《た》れ流した。ひどい屈辱を感じたが、周囲に誰もいないのがそのときだけは救いに感じられた。

死の恐怖にさらされながら、立ちつづけていなければならないというのは、それだけで拷問だった。

彼は何度も叫びたい衝動に駆《か》られた。しかし、一度叫び出してしまったら、たちまちパニックにとらわれてしまい、取り返しのつかない行動に出るのが明らかだった。叫んでいるうちに、何もかも投げ出したくなり、テーブルから飛び降りてしまうかもしれない。そうなればすべてが終わりだ。

彼は、取材でそういう例を何度も聞いたことがあった。例えば、戦場で敵の追撃をやりすごそうと潜《ひそ》んでいるようなとき、緊張に耐えられず飛び出して敵に撃たれてしまう兵士がいる。

楽しいはずのダイビングで、なぜか些細《ささい》なことでパニックを起こし、水中であるにもかかわらずマスクやロのレギュレーターを剝《は》ぎ取ってしまおうとするダイバーもいる。

パニックは、人間に通常では理解できないような行動を取らせる。

磯辺は、それだけは避けようと必死で自分をなだめつづけているのだった。

足がすっかりむくんでしまっているのがわかる。

腰も痛んだ。背中も硬直して痛かった。

激しい緊張のために、首の後ろが張ってしまい、頭痛もしはじめている。

動くことのできる範囲はごく限られている。二本足で立つということが、いかに不自然であるかがよくわかった。

一日中四本の脚で立っている動物はいくらでもいるが、一日中立ちつづける人間はいない。

磯辺は、どれくらい立ちつづけているのかわからなくなっていた。これまで、何時間立っていたかは問題ではなくなりつつあった。これから、どれだけ立っていられるかが切実な問題になりつつあるのだ。

単純な疲労だけでも問題だった。彼は、脳貧血を起こしたらどうしようと考えた。意識を失ったら、そのままテーブルから転げ落ち、テーブルの下の手榴弾《しゅりゅうだん》が爆発する。

その不安がまた、パニックを呼びそうになった。

二十四時間が過ぎ、意識に靄《もや》がかかったような状態になってきていた。

（この苦しみから解放されるためなら、どんなことでもする……）

磯辺は考えていた。だが、そう考えることすら虚《むな》しかった。

だんだん、思考が曖昧《あいまい》になってくる。彼は、何もかも面倒くさくなりはじめた。

もう死んでもいいとさえ考えはじめた。思い切って飛び降りてしまおう。そうすれば、この苦しみから解放されるのだ……。

一歩、テーブルから踏み出せばいい。あとは、手榴弾が爆発して全身がずたずたになる。爆発の瞬間、何もわからなくなるだろう。苦痛も感じないはずだ。

磯辺は、その誘惑に負けそうになってきた。どんな人間もこんな苦しみに耐えねばならない理由はない。

磯辺は、そんな理屈を考えはじめていた。

足が動きかけた。

もうじき、楽になる。

何もかも終わる……。

磯辺は、はっとした。

一瞬だけ、意識がはっきりした。眠りに落ちようとしているときに、電話が鳴ったような感じだった。

彼の脳裏《のうり》に、子供の顔がよぎった。

ひとり娘の笑顔だった。それは、今の子供の年齢より幼いころの顔だった。まだ、かわいい盛りのころの笑顔だ。

その笑顔が、磯辺の心の支えだった時期がある。その後、急に仕事が忙しくなり、あまり家庭を顧《かえり》みなくなった。

最近の娘の顔は、はっきりとした印象がなかった。あまり子供の顔を見ていないからかもしれない。

娘はいくつだったかな……。

磯辺は考えた。たしか、小学生だった。三年だったか四年だったか……。

娘に続いて、妻の顔を思い出した。彼は、金回りがよくなってから、六本木などのクラブで遊ぶようになっていた。

一軒にひとりの割で贔屓《ひいき》のホステスがおり、浮気も経験していた。今でも続いている女がいる。

しかし、不思議とこういうときに思い出すのは妻の顔だった。まだ、楽しく付き合っているころの彼女。新婚のころの妻。そして、あまり、会話をしなくなった最近の妻。

磯辺は急に、妻が不憫《ふびん》に思えてきた。何かしてやらなければならないと切実に考えた。そして、娘にもう一度会いたいと思った。会わずに死ぬわけにはいかなかった。

不思議な思いだった。

人間は、ひとりではたやすく死んでしまう。自分がひとりではないと思ったときから、簡単には死ねなくなる。

磯辺はそのことを実感した。

娘のためにならら、まだしばらくは耐えられそうな気がした。

耐えたところで助かる見込みは少ない。しかし、今諦《あきら》めてしまったら、その少ない見込みもゼロになってしまうのだ。

磯辺の意識は多少はっきりとした。意志の問題だった。

だが、やがて、意志だけではどうしようもない瞬間が来るのは明らかだった。それでもいい。磯辺は思った。

（その瞬間が来るまで、とにかく、耐えてみせる）

警視庁捜査一課の刑事たちが到着してから、さらに現場はあわただしくなった。

捜査一課の課長と刑事部長が顔をそろえている。刑事部長が指揮を執るのだ。

現場には、『バックラー警備保障』の会議室で渡会社長とジェイコブにさんざん厭味《いやみ》を言った刑事が来ていた。

彼は、岡江茂男《おかえしげお》という名で、三十六歳の警部補だった。捜査主任という立場で、ひとつの係のなかにいる二人の警部補のうちのひとりだった。

彼は、課長の後ろでひっそりとしていた。彼は、ほかの警察官同様に怒っていた。

刑事がふたりも撃たれている。警察に歯向かう連中は生かしておく必要などないとまで考えていた。

アメリカでは、警官殺し《コップ・キラー》は死刑だと言われている。法的な根拠がない俗説に過ぎないが、警察官の心情をよく表わしている。

もちろん、刑事部長は、犯人検挙に全力を挙げるように指示している。それに逆《さか》らおうとする警察官はいない。

警察の役割は、犯人を検挙し、起訴して公判を維持できるだけの証拠をそろえることにある。犯罪者を裁くのは、警察官の本来の役割ではない。

警官隊も機動隊も、犯人を殺そうとは思っていなかった。犯人を前にした機動隊などは、興奮しきっており、ヤクザの出入りのような気分でいる。だが、本当の戦争をしようと考えているわけではない。

警官隊や、機動隊は、いつでも突入できる体勢で待機しているが、戦うのが彼らの本来の役目ではない。

まず、包囲することによって犯人に圧力をかけるのが第一の目的なのだ。圧倒的な人数で圧力をかけ、その圧力を利用して捜査の責任者が犯人の説得を行なう。

この場合は、警視庁の刑事部長が責任者だった。

刑事部長がハンドマイクを持って犯人に呼びかけた。

「聞いているか？」

ハンドマイクは、刑事部長の声を拡大して、山荘のまわりの山林に響かせた。声に続いて、ハウリングの耳障《ざわ》りな音が聞こえた。

「君たちは、完全に包囲されている。もう逃げられない。おとなしく投降しなさい」

山荘のなかからも、林のなかからも反応はない。

刑事部長は、続いて言った。

「人質を解放して、すみやかに投降しなさい。おとなしく武器を捨てて出てくれば、悪いようにはしない」

林のなかでそれぞれの持ち場についている犯人たちは、もちろんその声を聞いていた。

マサムネは、かすかに微笑《ほほえ》んでいた。

答えるつもりなどなかった。敵に自分の位置を教えるゲリラはいない。それは、カーン、アブドル、イブンの三人も同様だった。三人は、刑事部長の言葉すら理解していなかった。理解する必要などないのだ。

彼らは、警察とは違って、これを戦争だと考えていた。

カーン、アブドル、イブンは、完全に夕闇が降りた山林のなかで、姿を隠していた。野生の獣のように、気配を自然に同化させている。

　だが、お互いにどこにいるか、完全に把握していた。彼らはベテランであり、いつも行動を共にしているせいで、お互いの考えが理解できるのだ。

　マサムネも、三人の動きを把握していた。イブンがどこに手榴弾のブービートラップを仕掛けたかも知っていた。これは、綿密な打ち合わせの結果だった。マサムネは、彼らを信頼している。

　マサムネは、三人が潜んでいるあたりに眼を凝《こ》らした。どこにいるのか、視覚では捉《とら》えられない。

　山林のなかは、すでに濃密な闇が支配しはじめている。

　彼は、微笑みを絶やさずに、心のなかでつぶやいた。

（犯罪検挙率を誇っている警察の諸君。君たちがこれまで締めつけてきたのは、平和に慣れきったおとなしい国民でしかなかったということを思い知らせてやろう）


　捜査一課長が、刑事部長にささやいた。

「機動隊を前進させましょう。プレッシャーをかけるのです」

「人質が危険だ。追い詰められた人間は何をするかわからない」

「ほんの一歩、前進するだけでいいのです。包囲をじわじわ縮《ちぢ》めて、敗北を認めさせるのです」

「犯人からの反応がないのは、どういうわけだ?」

「萎縮《いしゅく》してるんですよ。いまごろ、がたがた震えているかもしれない。警官隊や機動隊の姿を見て、自分のやったことの重大さに気づいているに違いない」

「よし、一歩だけ機動隊を前進させろ。その両側に神奈川、静岡両県警の警官隊を展開させる」

すぐ後ろで刑事部長と捜査一課長の会話を聞いていた岡江茂男警部補は、鼻で笑いたくなった。

捜査一課長はキャリア組だった。現場をよく知らない。

(だから、叩《たた》き上げでない課長はだめなんだ……)

彼は、捜査本部で犯人が届けてきた写真を見て、人質がどういう状態かをよく知っていた。常に死の危険にさらされているのだ。

あんな真似《まね》をする犯人が、恐怖に震えているとは思えない。もっと思い切った手段が必要ではないかと思っていた。

警視庁には、狙撃《そげき》隊がいる。また、機動隊のなかには、特別に訓練されたテロ鎮圧部隊がいる。

そういう連中を呼ばなければだめだと彼は密《ひそ》かに考えていた。

しかし、岡江警部補は何も言わなかった。今、指揮を執っているのは刑事部長だ。余計なことを言って睨《にら》まれるのはごめんだし、岡江の案が採用されて、それが失敗したときは、責任を追及されるかもしれない。

彼は、こうした非常事態でも、組織の論理でしかものを考えられないのだった。出世の妨《さまた》げになることは極力避けたいのだった。

（どういう形であれ、いまだかつて解決しなかった事件などない。いずれは、この事件も解決する。人質は死ぬかもしれないが、この状況から犯人が逃げられるはずはない。人質が死んだら、それは、指揮を執っていた刑事部長の責任だ。俺たちは、本庁に引き上げて、茶碗で酒を酌《く》み交《か》わすだけだ）

岡江警部補は、そう考えて、おとなしくしていることに決めた。

誘拐事件と聞いて、当初は、彼もやる気を見せた。刑事というのは、狩人《かりゅうど》のようなものだ。獲物《えもの》を探し求め、追い詰め、仕留《しと》めることに生き甲斐《がい》を感じる。

刑事の獲物は、真相であったり、犯人であったりする。明治時代には、刑事は探偵と呼ばれたが、その体質は今もあまり変わってはいない。

犯人の居場所がわかり、警官隊が取り囲んでいるような事態になって、岡江警部補は、関心を無くしかけていた。もう自分たちの出番はないと考えているのだ。

どういう形でもいいから、早くけりをつけてもらいたいと彼は考えていた。彼は疲れ果ててもいた。

刑事部長の命令が、署活《しょかつ》系の無線で伝えられた。彼らは現在、神奈川県警小田原《おだわら》署に割り当てられている署活系の三六二・〇一二五メガ・ヘルツを使用していた。

受令機から命令を受けた機動隊の小隊長は、各分隊長に命令を伝えた。機動隊は、分隊長一名、伝令一名、隊員九名の計十一名で一個分隊が構成されている。分隊長は基本的には巡査部長だ。

分隊が三個で一個小隊となる。小隊長は、警部補だ。小隊にも伝令が一名付く。

一個小隊、計三十五名の機動隊は、ジュラルミンの楯《たて》を前にし、命令に従って一歩前進した。

「どうだ？　動きはあるか？」

刑事部長が周囲に尋ねた。答える者はいなかった。無線を持っている刑事が、機動隊の小隊長に同じことを尋ねた。

「犯人の動きはありません」

無線機から機動隊小隊長の声が聞こえてきた。

「やはり、怖《お》じ気づいているな……」

捜査一課長が言った。彼は、この状況を楽しんでいるようでもあった。

機動隊に従って、そのやや後ろに付いている警官隊が一歩前に出た。

「よし、もう一歩進ませろ」

刑事部長が言った。

命令が伝えられ、機動隊がまた一歩山荘に近づいた。緊張が高まった。

山荘に近づくにつれて強力な磁石の反発のようなものを機動隊の全員が感じはじめてい

た。目に見えない壁のようなものだ。

すでに、機動隊の各隊員は、通常の感覚を逸脱していた。極度の興奮状態にある。彼らは、ヘルメット、胴着《どうぎ》、小手《こて》、大楯、小楯、警棒、拳銃《けんじゅう》を携帯している。

さらに、催涙《さいるい》弾を撃つための銃を携帯している隊員もいる。その装備の総重量は、ビール一ダース分の重さだと言われている。

彼らは、こういう日のために毎日体を鍛《きた》えているのだという自覚がある。恐怖感はもちろんあった。その恐怖が興奮を呼んでいるのだ。

誰もが「突入」の合図を待っていた。


マサムネは、機動隊の動きをじっと見つめていた。機動隊のほうから彼の姿は見えない。

マサムネと三人のイラン人は、無線機を持っていなかった。無線機が必要ないのだ。優秀なゲリラたちは、自分のやるべきことを心得ている。

警官隊がある限界線を越えたら、自動的に攻撃が始まるのだった。

（私が口火を切ってもいいな……）

マサムネは、そうつぶやき、アーマライト小銃をコッキングした。

緊張状態は、人間の五感を一時的に鋭くさせる。

マサムネがコッキングした金属音は、ごく微《かす》かなものでしかなかった。ライフルの後部についているレバーを引き、それがバネによって戻される音にすぎない。

だが、分隊長のひとりがその音に気づいた。普段ならば、聞こえなかった音に違いない。

(おかしい……)

その分隊長は思った。(なぜ、こんなところであんな音が……)

答えはひとつしかなかった。

分隊長は、顔面から血の気が引くのを感じた。彼は迷っている暇《ひま》はなかった。

小隊長の指示を仰《あお》いでいる時間もない。

彼は、後先《あとさき》を忘れて叫んだ。

「退《ひ》け! 後退しろ!」

静まりかえっていた現場にその声が響きわたった。

機動隊員たちは、一斉にそちらを見た。

分隊長である巡査部長が、なぜ突然、後退を命じたのか理解した者はいなかった。

「危ない。後退するんだ。犯人は、建物のなかにいるのではない。外の林にいるんだ」

真っ先にその命令に従ったのは、彼の分隊だった。

しかし、機動隊の後ろに回り込む形で展開していた警官隊が、後退を一時的に阻《はば》む形になった。

「いい判断だ。だが、遅い……」

マサムネは、そうつぶやくと、セミオートで、一発撃った。
マサムネの銃弾は、叫んでいる分隊長に命中した。

13 狼《ろう》狽《ばい》

トランシーバーの空電《くうでん》の音が、一瞬途《と》切《ぎ》れて、ジェイコブの声が聞こえてきた。

「兵悟、あまり飛ばすな」

ジェイコブの声は、工藤と亜希子が持っていた両方のトランシーバーから聞こえた。すべて同じチャンネルに合わせてある。「スピード違反でつかまって、荷物など見られたらおしまいだぞ」

工藤は、亜希子のトランシーバーのボリュームを絞《しぼ》るように言った。近くで送信すると、ひどいハウリングの音を立てる。

亜希子がボリュームのツマミをひねると、工藤は、トークボタンを押して言った。

「了解。だが、そちらも不用意な発言はひかえるんだ。無線は誰に聞かれているかわからないんだ」

「わかっている」

工藤のパジェロに亜希子と黒崎が乗っている。亜希子が助手席におり、黒崎は、後部座席にいる。

亜希子も黒崎も口を開こうとしない。亜希子は緊張をしているからだが、黒崎が黙っているのには別の理由がありそうだった。

彼は、できるかぎり工藤の邪魔をしたくないのだ。

工藤は、パジェロのスピードを百十キロ程度に落とした。それまで、追い越し車線で百四十キロほど出していたのだ。

走行車線に入り、車の流れに乗った。東名高速道路は、土曜の夕刻ではあったが、順調に流れていた。

御殿場インターから、国道一三八号を通り、箱根スカイラインに出て現場に向かう予定だった。

コースに問題はない。問題は、工藤たちが現場に着くまでに何が起こるか、だった。

警官たちが、現場を取り囲んでいる。どれくらいの被害が出るか想像もできなかった。

工藤は、カーラジオでAM局を聞いていた。特別番組を組み、事件をリアルタイムで報道している。

亜希子は、その放送にじっと聞き入っていた。

突然、スタジオのアナウンサーの語調が変わった。現場の中継が入る。

中継の記者の度を失った声がスピーカーから流れてきた。

「銃声です。銃声が聞こえました。犯人が発砲したものと思われます。現在、機動隊を含む約六十名の警官隊がある別荘の正面に集まっています。その警官隊に向けて発砲されたものと思われます」

スタジオのアナウンサーの声がそれを受けた。

「銃声は一発だけですか？」

「今現在は一発だけです」

「現場の別荘の様子を詳しく聞かせてもらえますか？」

「別荘地のはずれの一軒です。警察が持ち主を調べたところ、現在、売りに出されているということです。斜面に建っており、ベランダから谷を眺めるような形になっております。周《まわ》りは、山林に囲まれています。箱根の別荘地はご存じのとおり、分譲用に造成されておりますが、この別荘は、敷地面積が広く、周囲に山林をそのまま残しているように見えます。あ、また、銃声が聞こえました。今度は続けざまに聞こえました。警官隊が撃ち返しているかどうかは、ここからは不明です。依然、犯人が発砲しているものと思われます」

「その場所は危険ではないのですか？」

「現在、交通が規制されており、報道機関も現場から約二百メートルほど離れた場所までしか近づくことができません。その間には、山林や、別荘があり、現場を直接見ることができない有様《ありさま》です」

記者の声にかぶさって、かすかにヘリコプターの音が聞こえた。

報道機関のヘリコプターだろうと工藤は思った。

「わかりました」

スタジオのアナウンサーが言った。「何かまた変化が起こったら知らせてください」

アナウンサーは、これまで報道してきたことを繰《く》り返した。あまり多くのことはわかってはいなかった。

警察は、犯人の声明を発表していない。報道機関では、過激派ゲリラと見られる犯人グループによって、ノンフィクション作家の磯辺良一氏が誘拐されたとだけ報じていた。

「おあつらえ向きに空《あ》き家の別荘があったものだな……」

工藤が言った。

「バブルが弾《はじ》けてから、そんなものはいくらでもあるさ」

黒崎が答えた。「犯人は別に箱根じゃなくたってよかったはずだ。伊豆《いず》だって軽井沢《かるいざわ》だってな……。ただ、人里離れて自由に行動できる空き家が欲しかったんだ」

「敵は充分に下調べをして計画を立てたというわけだな……」

黒崎は、何も言わなかった。余計なことは言いたくないらしい。

トランシーバーからジェイコブの声が聞こえてきた。

「ラジオで、やつらが発砲したと言っていた」

工藤は、トークボタンを押して答えた。「こちらでも聞いた。どういうことになっているか想像がつくか？」

「あの写真を考え合わせると、だいたいね……。やつらは、建物の外に陣取っている。建物のなかは時限爆弾になっている。そして、建物自体が相手をおびき寄せるための餌《えさ》になっている」

「建物の外には山林があるそうだ。マサムネがその山林を利用しない手はない」

「そうだ。その山林のなかでゲリラ戦をやるつもりだ」

「俺たちが着くまで、警察が持ちこたえてくれるといいがな……」

ジェイコブから答えはなかった。


分隊長は、鉄板の入った胴着を着ていた。この胴着は、ライフル弾も貫通しないと言われていた。特に心臓部は厳重に保護されている。

しかし、胸の上部から肩にかけては、守られていない。その部分は、弾を受けても、生命に危険が及ぶような怪我《けが》になる可能性が少ないからなのだが、体のどこの部分であれ、着弾したら、それは大怪我となることには変わりはない。

分隊長は、右肩を撃ち抜かれていた。

着弾のショックでそのまま体をひねり、倒れた。気を失っている。

撃たれたときに、意識が吹き飛ぶのはよくあることだ。衝撃のせいだ。銃弾のエネルギーというのはそれくらいに凄《すご》いものだ。

分隊長は、すぐに意識を取り戻した。指揮を執らなければならないと思い、立ち上がろうとした。しかし、体に力が入らない。

(何だ……。どうしたんだ、俺は……)

痛みはその後でやってきた。吐き気がするくらいに激しい痛みだった。首から、胸から右腕からすべてが痛んだ。

機動隊員が三名、分隊長に駆け寄り、倒れたまま、引きずって後退した。そのときになって、分隊長は、初めて自分が肩を撃たれたことに気づいた。

撃たれた箇所がわかってから、痛みの場所も特定されてきた。それまで、あまりの激しい痛みにどこが怪我の場所かわからなかったのだ。

周囲では、「姿勢を低くしろ」とか、「退《さ》がれ、後退しろ」という怒号が聞こえた。

機動隊や警官隊は、さきほどから三メートルほど後退していた。機動隊員は、姿勢を低くしてジュラルミンの楯の陰に身を隠している。

訓練されたとおり、ジュラルミンの楯を並べて壁を作っている。神奈川県警と静岡県警の警官隊は、さらにその後ろに後退していた。

「撃たれたのか、俺は……」

分隊長は、介護にやってきた隊員に尋ねた。

「救急車まで運びます。肩につかまってください」

隊員ふたりが、両側から分隊長に肩を貸そうとした。

「いや、いい」

分隊長は、なんとか自力で立ち上がろうとした。着弾の衝撃は収まっており、一時的なショック状態から脱しつつあった。痛みはひどいが、立ち上がることができた。彼は、隊員に言った。

「隊列を離れるな。傷ついて役に立たなくなった俺になど構うな。敵の銃弾をくい止めろ。それが機動隊員の役目だ」

彼は、隊員の腕をふりほどき、ひとりで後方に向かった。


(何だこれは……)

岡江茂男警部補は、うろたえていた。彼がうろたえるのも、もっともだった。彼以前に、刑事部長と捜査一課長がうろたえているのだ。

刑事部長は、撃たれた機動隊の分隊長が、ひとりで歩いてくるのを見て叫んだ。

「犯人はどこから撃ってきたんだ?」

分隊長の出血は激しく、今にもまた倒れてしまいそうだった。彼は、部下たちの邪魔になりたくない一心でここまで自分の力で歩いてきたのだった。

「やつらは、建物の外にいます。おそらく、建物のなかには、人質がいるだけです」

刑事たちには、その理由がすぐにわかった。建物のなかはいつ爆発するかわからないのだ。手榴弾《しゅりゅうだん》一個では、建物を破壊するだけの威力はない。しかし、建物のなかにいたら爆発に巻き込まれてしまうのは明らかだった。

待機していた救急隊員が担架《たんか》を抱えて駆け寄ってきた。分隊長は、それを見て気が抜けたのか、その場に崩《くず》れ落ちてしまった。救急隊員たちが、分隊長を担架に乗せて治療のために運んでいった。

「撃ち返せないのか？」

刑事部長は、撃たれた分隊長を見たことでいっそう興奮して怒鳴った。

「犯人の位置がわかりません。人質も心配です」

捜査一課長が、顔色を失って言った。

「威嚇《いかく》射撃をするんだ。これだけの警官隊が拳銃《けんじゅう》を持っている。そのことを思い知らせてやるんだ」

それがいいアイディアかどうか、その場の人間は判断ができなかった。とにかく、その命令が警官隊と機動隊に伝えられた。

警官隊は、拳銃を抜いた。残ったふたりの分隊長が空に向かって威嚇射撃をした。

リボルバーの乾いた発砲音が響いた。

岡江警部補は、その様子を見て、何か的外《まとはず》れな違和感を感じた。どこかが間違っている。

岡江は、『バックラー警備保障』で聞いた話を思い出していた。渡会社長とジェイコブは、警察のやり方を信用していなかった。岡江は、腹を立てたのだが、今、犯人たちに直面してみて、彼らの言い分が理解できそうな気がしてきた。

（この犯人たちは、今までわれわれが出会った犯罪者とはどこかが違う……）

渡会社長とジェイコブはこのことを言おうとしていたのだと気づいた。

「威嚇射撃など無意味です」

岡江は言った。

部長と捜査一課長が同時に振り向いた。ふたりの眼は、興奮のため血走っていた。

「何だと……。どういうことだ?」

課長が詰問口調で岡江に尋ねた。

「あいつらは、威嚇射撃に恐れをなすような連中じゃありません」

「何が言いたい?」

「すぐに、警視庁から狙《そ》撃隊《げきたい》とテロ鎮圧部隊を呼ぶべきです」

「テロ……?」

「これはれっきとしたテロ行為です。単なる営利誘拐とは性格が違うのです」

部長と課長は顔を見合わせた。

すでに、犯人は、抗戦の意志を見せている。機動隊の分隊長が撃たれたのだ。

当初、犯人は建物のなかに立てこもっていると考えられていた。だが、そうではないことがわかった。

彼らは、山林のなかに潜んで銃を警察に向けている。状況は厄介《やっかい》だった。岡江が言うことは的を射《い》ていることは明らかだった。

部長が命じた。

「よし、大至急、狙撃隊とテロ鎮圧部隊を呼び寄せるんだ」

刑事のひとりが無線で連絡を取った。

岡江は心のなかでつぶやいていた。

（それまで、これ以上犠牲者が増えなければいいがな……）

磯辺良一は、ハンドマイクから発せられた刑事部長の声を聞いていた。警察が来た。それを知り、絶望から抜け出すことができた。救いの手がそこまでやってきている。にわかに体力が戻ってきたような気がした。

先が見えない苦しみから救われたのだ。これまで耐えてきてよかったと彼はしみじみ思った。

警官隊が建物の前を固めている。その事実を知るだけで、救出されたような気分になった。

しかし、そのあと聞こえた銃声で、急速に気分が萎《な》えた。

その銃声はひどく不吉なものに感じられた。続いて何発か銃声が聞こえる。

簡単に犯人を検挙できる状況ではないのかもしれないと磯辺は思った。

このままさらに膠着《こうちゃく》状態が続くかもしれない。もう体力は限界に近づいている。いつ倒れてもおかしくない状態だった。

彼は恥も外聞もなく、助けてくれと叫びたかった。しかし、それは何の意味もないことを知っていた。

「どうして、俺がこんな目に遭《あ》わなければならないのだ……」

彼は、声に出してつぶやいた。

ひどく情けない気分になった。

またしても絶望に囚《とら》われそうになった。

「なんで警察は、たった四人の犯人を捕まえることができないのだ……」

彼は、恨《うら》みがましい気分だった。しかし、彼は、何とか持ちこたえようとしていた。ここで警察を信用できなくなったら生きていられない。

何とか、警察の力に望みをつなぐしかないのだ。

彼は、世界中の神に祈りたい気分になった。彼が批判したイスラムの神にも――。


「狙撃隊やテロ鎮圧部隊がやってくるまで、手をこまねいているわけにはいかない」

刑事部長が言った。「何とか、人質を救出する方法はないか?」

課長が思案顔で答えた。

「そうですね……。人質は、依然として危険な状態にあると考えられます。一刻も早く救い出す必要がありますね……」

課長は、機動隊の小隊長を呼び寄せた。彼は、小隊長に言った。

「山林のなかをこっそりと建物に近づいて、人質を救出できないだろうか?」

小隊長は、分隊長のひとりが撃たれたこともあり、怒りを必死に抑《おさ》えているように見えた。

小隊長は言った。

「やってみましょう。催涙弾を使用しますか？」

「だめだ」

課長があわてて言った。「人質が危険な状態にある。もし、人質が催涙弾で咳《せ》き込みでもしたら命が危ないんだ」

「了解しました。何とかします」

彼は、駆け足で最前列に戻っていった。

「何とかしなくてはな……。犯人を射殺せずに検挙できれば、それに越したことはないのだ」

刑事部長が言った。

（その認識は、甘すぎやしないか……）

刑事部長の言葉を聞いて、岡江茂男警部補は、密《ひそ》かに心のなかでつぶやいた。

小隊長の警部補は、ふたりの分隊長を呼んで言った。

「闇に乗じて、こっそりと建物に近づく。二名ずつの組で行動する。建物の左右から二組ずつ近づく。その間、こちらで陽動をする。いいか、味方の弾にやられるな」

分隊長は、それぞれの分隊から四名の隊員を選び出し、救出隊に任命した。計八名は、いったん、隊列を離れ、はるか後方から、山林のなかに入っていった。

小隊長はその八人の姿を見送りながらつぶやいていた。

「金のためでもなく、名誉のためでもなく、ああして命を懸《か》ける若者がいる。テロなどに屈してたまるか……」

彼はくるりと向きを変えると、隊列を成している隊員たちに命じた。

「銃を構えろ。発砲しつつ、前進する。いいか、隊列を崩すな」

機動隊員と警官隊は、銃を建物の周りの山林に向けた。

四組計八名の機動隊員は、山林に入ると別々の方向に散った。二名ずつで、建物に近づく。

彼らは、十二キロもある重装備だったので移動もひと苦労だった。

けっして急がず、少しずつ前進した。それぞれの組が、ある一定の距離を置いて停止した。その場で待機している。

じっと待っていると、やがて機動隊と警官隊が撃ちはじめた。

それを合図に、彼らは前進を始めた。

道の先に、さまざまな車が思い思いの角度で駐車していた。テレビ局の中継車が何台か来ていたし、新聞記者が乗ってきた黒塗りのハイヤーも数台あった。

頭上には、複数のヘリコプターが旋回している。

工藤は、報道機関の車に行手を遮《さえぎ》られ、パジェロを停《と》めた。

突然、銃声が轟《とどろ》きはじめた。

報道機関の連中は、一斉に顔色を変えた。報道の現場も戦場のような有様だった。それを見ながら工藤が言った。

「警官隊が撃ちはじめたな……」

ジェイコブが車から降りてきて言った。

「急ごう……」

彼はトランクを開けて、ふたつのハードケースを下ろした。工藤が片方を受け取る。

工藤は、黒崎に言った。

「ここで車を見ていてくれ。いつでも逃げだせるようにエンジンを掛けておくんだ」

「わかった」

黒崎がうなずくより早く、ジェイコブは林のなかに入っていった。工藤と亜希子がそれに続いた。

14 爆発

山林のなかは、闇に閉ざされ、下生《したば》えが行手を阻《はば》んだ。しかし、その深い下生えが身を隠すのに役に立つ。

工藤は、視線を横8の字に動かしながら進んだ。視点を一ヵ所に固定しないようにする。これが暗視のコツだった。

ジェイコブは、しんがりに回っている。工藤のすぐ後ろが亜希子だった。

誰もが、銃撃戦のほうに気を取られていた。工藤たち三人が山林に入っていったのに気づいた者はいなかった。

林に入って間もなく、工藤は止まった。山荘までは、まだ二百メートル以上の距離がある。

山荘は、警察の投光機で照らし出されている。

工藤は、銃を運ぶためのハードケースを下生えの上に置いて開いた。ジェイコブもすぐにそれに倣《なら》った。

暗くて手元はほとんど見えない。しかし、工藤は、一瞬の躊躇《ちゅうちょ》もなく銃を次々と取り出した。

まず、彼は、ＳＩＧザウアーを一挺《ちょう》取り出し、手さぐりだけで、マガジンを装塡《そうてん》した。それを、亜希子に渡す。同様に装塡したＳＩＧザウアーを自分の野戦服の胸ポケットに入れた。

彼の野戦服の胸ポケットは、銃のケースになっている。

ジェイコブも、ＳＩＧザウアーを取り出し、マガジンをグリップの下から叩《たた》き込んだ。

三人ともまだスライドを引いていない。

それぞれ、ＳＩＧの予備マガジンを二本ずつ持つ。一本のマガジンに十五発のカートリッジが込められている。

工藤は、ＭＰ５を取り出し、マガジンを取り付けてスリングで肩から吊《つ》った。

工藤が持っていたケースには、ＭＰ５が一挺しか入っていなかった。ジェイコブが持ってきたケースに二挺入っている。ジェイコブが一挺を亜希子に渡す。

ジェイコブもＭＰ５を肩から吊った。

工藤とジェイコブは、ハードケースを閉じて重ねた。

三人は、同じ型のトランシーバーを持っていた。ＶＨＦ帯のＦＭ変調式トランシーバーで、同じチャンネルに合わせてあった。

林に入って初めて工藤が口を開いた。彼は亜希子の肩に手を置いて言った。

「サブマシンガンは、もちろんフルオートで撃てるが、君は、セミオートで撃ってくれ。狙撃手《そげきしゅ》の役だ。ＭＰ５は、命中率がとてもいいから、距離が離れていなければ、狙撃に充分役に立つ」

亜希子はうなずいた。

「わかったわ」

「これからトランシーバーの使い方を説明する。トランシーバーに向かって声を出すのは完全に安全だと思われるときだけだ。不用意に声を出すと敵に発見される。ゲリラ戦の場合は、どこにでも敵が潜んでいると思え。また、返事は、トークボタンを押すだけの合図にする。声を出して、了解と言ってはいけない。トークボタンを短く二回押すだけでいい」

トークボタンを押すと、送信状態になり、受信側の空電が途切れる。それによって相手がボタンを押したことがわかるのだ。

「指示は俺が出す。そちらから何かを伝えようとするときは、同じくトークボタンを二回押してくれ。安全だと判断したら、俺のほうからまず送信する。いいな」

「ええ」

「了解だ」

「仲間の危機を発見してそれを知らせようとする場合がある。敵がこっそり仲間に近づいているのに気づいたような場合だ。そのときは、トークボタンを三回以上押しつづけて知らせる」

「三回以上ね」

「そう。何度も押すんだ。ジェイコブ。おまえは、まわりこんで斜面の下から建物に近づいてくれ。俺は建物の脇《わき》から近づく。敵に遭遇してもとにかく人質のいる建物に近づくことだけを考えろ」

「わかった。救出作戦の基本だな」

「亜希子、君は木に登れるか?」

「もちろん。あたしは、フィールド・ワークの専門家だったのよ」

「俺が指示した木に登って待機するんだ。その場所から動いてはいけない。狙撃手は高い場所にいるほど有利だ」

「了解よ」

「ジェイコブ。ブービートラップには充分注意しろ。イブンは、六個の手榴弾《しゅりゅうだん》を買ったと言ったな。おそらく、トラップに使っている」

「そう。ひとつを人質に使用している。残りは五個だ」

「よし、行こう。俺に付いてくるんだ」

工藤は前進を開始した。

姿勢を低くしている。右手前方の林の外に警察の巨大な投光機が見えている。投光機が投げかける光が建物を照らしているが、その反射光や投光機そのものから拡散した光があたり一帯をぼんやりと明るくしている。

だが、林のなかは、真っ暗闇だった。工藤は、その闇のなかをほとんど這《は》うようにして進んだ。

少し進んでは様子をうかがう。けっして急がない。そのペースで行くと、建物までの距離は無限であるかのように思われる。しかし、このペースでないと、安全を確保できないのだ。工藤は、五感を総動員し、なおかつ、第六感に期待していた。

緊張が高まるにつれ、感覚も鋭くなっていた。暗視のための8の字スキャンを繰り返しながら、耳と鼻を使う。

亜希子とジェイコブは、工藤が通ったあとだけを進んだ。文字どおり工藤の足跡をたどるように付いていった。

ゲリラ戦では、それくらいの細心の注意が必要なのだった。亜希子は、初めてのゲリラ戦の割にはよくやっていると、一番後ろのジェイコブは思っていた。

彼女は、工藤の指示に完全に従っている。この段階では、彼女は充分に優秀な兵士だった。

機動隊の救出隊は、工藤たちよりずっとペースが早かった。彼らは、一刻も早く山荘にたどり着きたいと考えていた。

敵が銃を持っているため、彼らも拳銃《けんじゅう》を抜いていた。

ふたりずつ分かれて、一定の距離を置いて平行に近づく。それは、制圧のための訓練どおりだった。

彼らはよく訓練されており、例えば、国内過激派のゲリラ程度の相手なら、充分に対処できた。

一番斜面寄りを進んでいた木村《きむら》巡査長は、いっしょに進んでいる池沢《いけざわ》巡査の呼吸の音を聞いていた。ふたりとも、はあはあと荒い息づかいをしている。

十二キロという重装備のせいだった。鎧兜《よろいかぶと》を着けて山林のなかを歩き回っているようなものだ。

すでに、建物の壁が見えていた。投光機の光が建物の脇にも洩れていた。闇のなかに山荘が浮かび上がっているようだ。

「犯人は、自分たちに気づいていますかね?」

池沢巡査がそっと尋ねてきた。

「どうかな……。だが、気づいていようといまいと、やるべきことはひとつだ」

彼らは、銃を構えたまま、立ち腰で前進している。下生えに足を取られそうになりながら、なんとか歩きつづけてきた。

「建物に侵入する瞬間が最も危険だ」

木村巡査長は言った。「気をつけろ」

しかし、彼らは、山荘までたどり着けそうもなかった。

斜面に潜んでいたイブンは、すでに木村巡査長と池沢巡査の動きに気づいていた。イブンはいつでもふたりを撃つことができた。

しかし、彼は銃を使おうとしなかった。かすかに笑いを浮かべて太いブナの木の陰に身を隠している。

彼は狙撃するよりもっと効果的な出来事を待っていた。その一帯は、イブンのフィールドだった。

彼は、どこにどういう仕掛けがしてあるのかを完全に把握していた。

イブンは、ペルシア語でつぶやいた。

「俺の罠《わな》にようこそ……」

木村巡査長は、ブーツに何か引っ掛かるのを感じた。下生えの茎《くき》か葉か、あるいは蔓《つる》のようなものだろうと思った。足を取られるほどではなかった。

彼は強く足を前に踏み出した。

一瞬後、目の前が真っ白になった。

全身にしたたかな衝撃を食らった。何が起きたか考える暇はなかった。

出来事はあっという間で、木村巡査長は、苦痛を感じる暇もなく、意識を吹き飛ばされていた。

彼は、ブービートラップに引っ掛かったのだ。

立木《たちき》の幹と幹の間に細いワイヤーが張られていた。そのワイヤーは、ちょうど下生えに隠れるくらいの高さだった。

　ワイヤーの一端は、幹にくくり付けられており、もう一方の端は、手榴弾の安全ピンに繋《つな》がっていた。

　ワイヤーに足などを引っ掛けると手榴弾の安全ピンが抜ける。信管を短くした手榴弾が即座に爆発する仕掛けになっている。

　基本的には、磯辺に仕掛けたものと同じだった。

　単純だが効果的なトラップだ。

　手榴弾は、小さいが恐ろしい爆弾の一種だ。その爆発力もばかにできないが、何より恐ろしいのは、破片による破壊だ。

　外装がばらばらになり、それぞれが剃刀《かみそり》の刃のような役割を果たす。F1手榴弾などに見られるパイナップルのようなパターンは、そのために掘られているのだ。

　パターンのないエッグ型では、なかに切れ目を入れたワイヤーを巻いている場合がある。こちらはさらに厄介で、切れたワイヤーがすべて針のようになって飛び散るのだ。

　木村巡査長は、爆風によって吹き飛ばされた。体が軽々と宙を舞い、立木に叩きつけられた。

　目の前で爆発したわけではないので、体をばらばらにされたわけではない。それでも凄い衝撃だった。

　さらに、手榴弾の破片によって腕や足をずたずたに切り裂かれていた。

いっしょにいた池沢巡査も吹き飛ばされた。こちらは、ちょうど木村巡査長の陰になっていたので直接の爆風をそれほど浴びなかった。それでも破片による被害を避けることはできなかった。

手榴弾の爆発そのものは、たしかに恐ろしいが、人間の体ひとつあれば楯《たて》にできる程度のものだ。

彼らは、気を失っていた。だが、命は助かった。彼らを救ったのは、重い胴着と小手だった。鉄板をなかに仕込んだ胴着と小手が致命傷を防いでくれたのだった。

しかし、ふたりは、完全に無力化した。重傷には違いなかった。

続いて、もう一度同じような爆発が起こった。

別の班がやはり、イブンのトラップに引っ掛かったのだ。

その二度の爆発は、犯人たちの恐ろしさをアピールするのに充分な効果があった。

爆発で室内が揺れた。

テーブルも揺れて、磯辺は思わず悲鳴を上げていた。危《あや》うくバランスを崩《くず》すところだった。おかげで意識が一時的にはっきりとした。

その爆発が何であるかだいたい想像できた。警察が爆薬を使うはずはない。犯人たちが警察に対して何かを行なったとしか考えられなかった。

「いったい、警察は何をやってるんだ……」

磯辺は苛立《いらだ》ちをつのらせた。

「何だ、今の爆発は……」

刑事部長は、思わず叫んでいた。

その場にいた全員が度肝《どぎも》を抜かれていた。二度の爆発は、実際よりずっと近くで起こったように感じられた。その爆風を感じたほどだった。

周囲の空気がびりびりと震え、人々の耳がダメージを受けていた。実際、かなりの警察官が、その場にしゃがみこんでいた。

捜査一課長もしゃがみこんだひとりだった。課長は、びくびくと林のほうを見やりながら立ち上がった。

「救出に行った機動隊員が……」

課長はそこまで言って言葉を失った。

刑事部長は、蒼《あお》くなっていた。

機動隊の小隊長は、仁王《におう》立ちで林を見つめている。彼は何が起きたか把握していた。隊員がやられたに違いないと悟ったのだ。彼は怒りに駆られた。彼は、林のなかに突進していきたい気分だった。

もし、彼の理性がもう少し弱ければ、本当にそうしたかもしれない。

「投光機を林に向けろ！」

彼は、突進する代わりにそう叫んだ。「犯人はこちらを見ている。光で目つぶしをくれてやれ!」

それは効果的な手だった。

暗闇から様子をうかがっている連中に強い光を当てれば、警察側が逆光になる。そして、林のなかに潜んでいる犯人の姿を発見できるかもしれない。

投光機のうち、幾つかが林に向けられた。

しかし、次の瞬間、銃声がして、林に向けられた投光機が消えた。レンズと電球が飛び散って、ガラスの破片が周囲の人々を傷つけた。

林に向けられた投光機が撃ち抜かれたのだった。

小隊長は歯ぎしりをして言った。

「俺は、部下の仇《かたき》も討てないほど無力なのか……」

爆発の瞬間、工藤は反射的に頭を地面に伏せていた。

一瞬、自分がトラップに引っ掛かったのかと思った。

爆発や銃声に対して体が反応する状態になっている。

ゆっくりと頭を上げる。そのとき二度目の爆発が起こった。二度目の爆発で、工藤は何が起こったか把握することができた。

警察が林のなかに入ってきたのだと考えた。その警察官たちが、イブンのブービートラップに掛かったのだ。

悲惨だとも悔《くや》しいとも感じなかった。そういう感情は、すでに追い出している。工藤は冷静に考えた。

イブンが持っている手榴弾《しゅりゅうだん》は六個。そのうちひとつは人質に使っている。今、ふたつ爆発した。残りは、三つだ。

工藤は、一度振り返った。

亜希子の様子を見るためだった。かなり近くで爆発が起こった。恐怖に駆られていてもおかしくはない。

もし、そうなら、ここから帰したほうがいい。亜希子のためだけではなく、全員のためにも……。

暗くて顔も見えない状態だった。工藤は、視線をわずかに逸《そ》らして見た。暗視のコツだった。暗い場所では、対象物からやや視点をずらしたほうが見やすい。

亜希子の目がわずかな光を反射して光って見えた。その目はしっかりとしている。けっして恐怖にうろたえてはいない。

エド・ヴァヘニアンの訓練は半端《はんぱ》ではなかったようだ。さらに、世界の秘境に出掛けていった経験がものをいっているのだ。

亜希子の度胸は見せ掛けではなかった。

工藤は、亜希子にうなずきかけた。暗くても動きというのは比較的良く見える。

亜希子はうなずき返してきた。

工藤は前進を再開した。

派手な爆発に巻き込まれた二組の機動隊員より、もっと悲惨な目に遭《あ》っていた組があった。

彼らはある意味で最悪の死に方をした。死ぬ瞬間に本物の恐怖を味わったのだ。

ふたりの機動隊員は、アブドルのフィールドに踏み込んでいた。

彼らは、音も気配もなく忍び寄るアブドルにまったく気がつかなかった。

アブドルは、無防備に近づくふたりに怒りさえ覚えた。こんな素人《しろうと》が、自分たちに戦いを挑んでいるという事実が彼を怒らせたのだ。

(アフガニスタンでは、十歳の子供でももっとましに振る舞う)

アブドルは、まったく気づかれずにふたりを殺すこともできた。相手が手ごわいゲリラならそうしただろう。しかし、それでは気がおさまらなかった。

彼は背後から、機動隊員たちに呼びかけた。それは、ペルシア語だったので、機動隊員たちは、理解できなかったが、理解する必要などなかった。

ふたりは同時に振り向いた。彼らは、振り向いた瞬間に撃つべきだった。

だが、そこでいつもの習慣が出た。銃を向けて警告したのだ。

「動くな。動くと撃つぞ」

アブドルは、その瞬間に下生えのなかに姿を隠した。

機動隊員は、アブドルが消えたその場所を見つめ、そこに銃口を向けていた。しかし、アブドルはまったく別の方向から現われた。まったく気づかれずに移動していたのだ。

野生の動物を相手にしているようなものだった。

再び姿を現わしたとき、アブドルは、得意の山刀を機動隊員の片方の首にあてがっていた。

「ひい……」

その機動隊員は声にならない悲鳴を上げた。アブドルは、機械的にその隊員の喉《のど》を掻《か》き切った。おびただしい血が飛び散った。

仲間の血を浴びたもうひとりの機動隊員はパニックを起こし、拳銃を撃った。

アブドルはすでに姿を消している。機動隊員は、もう一発撃った。さらに一発。狙《ねら》いなどつけていない。恐怖に駆られて撃ちつづけているのだ。

アブドルがそっとその背後に姿を現わした。山刀が、すっと首に当てがわれる。

「やめてくれ。助け……」

機動隊員は、最後まで言わないうちに喉を山刀で切り裂かれた。彼の命乞《いのちご》いの声は、ごぼごぼという音に取って代わられた。

アブドルは、何事もなかったようにまた、山林の闇のなかに姿を消した。

15 悪寒《おかん》

残りの一組の機動隊員たちは、実に呆気《あっけ》なくカーンの銃弾に倒れていた。

カーンは、下生えのなかに隠れ、目の前を通り過ぎようとするふたりの機動隊員に、フルオートのバースト・ショットを二回見舞った。

彼らは、下肢をずたずたにされて動けなくなった。ひとりにつき、三発から五発の弾が命中している。

カーンは、機動隊の重装備に気づいた。暗闇のなかだったが、彼らのシルエットと行動の仕方から、何か重い頑丈《がんじょう》なものを身につけていることに気づいたのだ。

それで、彼は下半身を狙《ねら》った。防弾着を着ていても、足をやられたら身動きがとれなくなる。

二人の機動隊員は、弱々しくもがいていた。カーンが止《とど》めを刺さなかったのは、その必要がなかったからだった。

止《とど》めを刺すためには隠れている場所から姿を現わさなければならない。カーンはそれを嫌ったのだ。彼は、戦場では完全に影になることを心掛けてきた。

（さあ、来い）

カーンは心のなかでつぶやいた。〈近づくやつは全滅だ〉

工藤は、ライフルのバースト・ショットの音を聞いた。また犠牲者が増えたのだということがわかった。彼は、停止し、亜希子の肩に手を置いた。そして、シイの大木を指さした。

そのあたりでは一番太い木だった。亜希子は工藤の意図を即座に悟った。彼女は、MP5を肩にかけ、その木に登りはじめた。

最初の枝に足がかかるまで、工藤が手を貸した。その間、ふたりが無防備になるので、ジェイコブが周囲を警戒していた。

亜希子が枝をまたぎ、位置に着いた。それを確認すると、工藤は、再び姿勢を低くして前進を開始した。

ジェイコブが後に続く。亜希子を位置に着かせたということは、そこから先が敵のフィールドだということだ。ジェイコブにはそれがわかっていた。

工藤は、ことさらに慎重に進んだ。彼は、ゲリラ戦を完全に思い出しつつあった。大切なのは、周囲の自然に同化することだった。下生えを風が揺らすように移動する。余計な音はけっして立てない。

また、自然界の動きを理解することも大切だった。不自然な動きをする枝や草や灌木《かんぼく》には注意する必要があった。

そういう場所には必ず敵が潜んでいるのだ。草の生え方や、枝の方向には、法則性がある。それは、見た目に自然な感じを与える。不自然に感じるときは、何かあると疑わねばならないのだ。

工藤は、ふと、下生えの不自然な流れに気がついた。一部の下生えの伸びる方向が違っている。不自然な力が加わっているということだ。

それは、よほど注意をしていなければ気がつかないかすかな兆候にすぎなかった。だが、工藤はそれに気づいた。

すばらしい集中力のおかげだった。

工藤は、そっとそのあたりに近づいた。慎重に観察する。

投光器が建物を照らしているせいで、ごくわずかにだが、林のなかにも光が入ってきている。そのごくわずかな光を反射して光るものがあった。

ワイヤーだった。ワイヤーが張られているせいで、それに押しつけられた下生えが方向を変えているのだ。

イブンのトラップに違いなかった。

工藤は、そのワイヤーをたどった。一方が木の根元に縛りつけてある。その反対側には手榴弾《しゅりゅうだん》があった。

機動隊員たちが引っ掛かったブービートラップとまったく同じものだった。

工藤は、常に携帯しているガーバーのペンチ・ツールを取り出し、慎重に手榴弾のピンの近くでワイヤーを切断した。ガーバーのペンチ・ツールは、普段は先端を収納しており、グリップにナイフやヤスリ、ドライバーなどが収納されている。

（あと、ふたつ……）

工藤は、手榴弾の数を頭の中で数えた。

ジェイコブは、工藤が作業をする間、周囲の様子に気を配っていた。敵の気配はない。

工藤は、トラップを外すと、ジェイコブに向かって手招きした。ジェイコブが近づくと、彼を指さし、続いて斜面のほうを指さした。

次に自分を指さし、山荘のほうをまっすぐに指さした。

そこでふた手に分かれようということだった。ジェイコブはうなずき、斜面のほうに移動を始めた。これまで工藤が進んできたペースとまったく同じだった。

工藤は、すでにジェイコブを見ていなかった。彼は、前進を始めた。

すぐに、さきほどの爆発の現場にやってきた。重傷の機動隊員が見えた。ふたりはぴくりとも動かない。

工藤は、彼らを助けたかったが、今はその時ではない。救出すべき対象は、磯辺なのだ。

機動隊員は自分の役目を果たそうとしたが、そのやり方がまずかったのだ。戦場では、素人に同情してはいられない。

工藤は、その場を通り過ぎた。

イブンは、銃を構えて警戒していたが、相手が戦闘に関しては素人だと思い込んでいた。そのため、かすかな兆候を見逃してしまった。

工藤は、闇と自然の遮蔽物《しゃへい》に身を隠して、静かに進んでいた。ジェイコブも同様だった。イブンは、ゲリラ戦に熟練している者が敵のなかにいるとは考えていなかった。そのための油断だった。

彼は、工藤がすぐ近くに迫っていることに気づかなかったのだ。

一方、工藤は、すでに敵のフィールドにいるということで、集中力を高めていた。周囲のかすかな兆候に気を配っている。

彼は、ふと、灌木が揺れるのに気づいた。8の字スキャンで慎重に観察する。

灌木がまた動いた。あきらかに風による動きとは違っていた。

工藤はそちらに移動を始めた。完全に姿を下生えに隠している。立木づたいに慎重に近づいた。けっして急がなかった。

工藤はついに、敵のひとりを発見した。やるべきことはひとつだった。敵は戦争のつもりだ。工藤もそのつもりでかからなければならなかった。

工藤は、すばやくMP5を構えた。そのかすかな音にイブンは反応した。

（さすがだな。だが、遅い）

イブンがさっとアーマライト小銃を工藤のほうに向けた。その時にはすでに工藤は撃っていた。

バースト・ショットだった。続けざまに三発ずつ撃つ。

イブンの体が一度跳《は》ね上がり、崩れ落ちた。工藤は、即座にその場から移動しなければならなかった。

撃つということは、敵に自分の居場所を知らせるということだ。

イブンのトラップの危険があるので、今来たコースを急いで戻った。敵の反応はない。あわててへまをやるような連中ではないのだ。

工藤は、呼吸が整《ととの》うのを待った。彼は、それから、また前進を開始した。

ジェイコブは、銃声を聞いた。

明らかに敵のM16の音とは違っていた。もっと軽快な音だ。彼は、工藤が撃ったのだと気づいた。

それは、工藤の危機を物語っているのか、それとも、戦果を物語っているのかはわからなかった。

ジェイコブは、気にしないことにした。どちらであっても、今のジェイコブには関係ない。

斜面から建物に侵入する。ただ、それだけのことを考えていればいいのだ。

カーンは、味方のものではない銃声をすぐ近くで聞いて、意外に思っていた。

彼は、味方がやられたのかもしれないと思った。銃声がした方角は正確にはわからないが、どうやら、イブンがいる方向のようだと彼は思った。

イブンがやられたとしたらたいへん残念だが、今は、悔しがったり悲しんだりしているときではなかった。

敵が、林に侵入している。それも、自分たちの近くまで迫っている。そのことの意味を考えなければならなかった。

(日本の警察もあなどれないということか?)

彼は考えた。(では、最初にやってきたあの連中は何だったんだ? 陽動か……?)

そこまで考えて、カーンは、別の可能性に気づいた。

(プロがいるということか?)

警察とは別の連中がやってきたのかもしれない。その連中は、自動小銃かサブマシンガンで武装している。

カーンは、にわかに緊張した。同時に、血が熱くなるのを感じた。彼は、笑いを浮かべていた。

(そうこなくてはな……)

その瞬間に、カーンはさらに恐ろしい男に変化していた。

アブドルもマサムネも工藤の銃声を聞き、カーン同様に意外に思っていた。特に、日本の警察の体質をよく知っているマサムネにとっては驚きだった。

アブドルは、三人のなかでは、もっともゲリラ行動に長《た》けていた。彼は、銃を使うよりナイフを使うことを好んだ。音を立てずに敵を倒せるし、何より、相手の喉《のど》を切り裂くときの充実感が好きだった。

彼は、独特の山刀を使用しており、それは、サバイバルのための道具であると同様に、殺人のための兵器であり、格闘用の武器でもあった。

彼は、あらたな敵がすぐ近くまでやってきているのを知り、かすかな興奮を感じていた。夜行性の肉食獣が獲物の気配を感じ取った類《たぐい》の興奮だ。

実際、アブドルは夜行性の野獣のようだった。彼は、三人のうちで最も巧妙に動き回ることができる。

気配を絶《た》ち、そっと敵の背後に忍び寄ることができる。たいてい、彼に殺される敵は何が起きたかわからないうちにあの世へ行っているのだ。

それは、天性の才能だった。彼は、山岳部の出身で少年のころは、遊牧民が飼っている羊などを盗んでは売り払い、生活の糧《かて》にしていたことがあるが、羊にも気づかれずに近づくことができたのだ。

彼は、待ち伏せをする必要がなかった。誰にも気づかれずに動き回ることができるのだ。

彼は、敵の姿を求めて移動を開始した。

マサムネは、三人のイラン人の能力を信頼していたのでまったく不安を感じていなかった。

手榴弾による二度の派手な花火が、警察に大きな衝撃を与えていることを確信していた。

(爆発を見て、身動きがとれなくなっているものと思っていたが……)

マサムネは、うれしかった。初めて、彼は今回のゲームを楽しみはじめていた。スリルがなくては、ゲームは楽しくはない。あまりに簡単に片づいてしまうゲームは、退屈なものだ。頭と技術を駆使して最終的に勝利することがゲームの喜びなのだ。

マサムネは、ようやくゲームが本格的な段階に入ったと感じていた。

(やってきた敵は、本当に警察だろうか?)

彼は、あるひとつの可能性を考えた。彼は、『バックラー警備保障』にウォルター・ジェイコブがいるということを知っていた。ジェイコブの名前は昔から知っていた。誘拐の現場にジェイコブがいたという報告も受けていた。誘拐の瞬間、ジェイコブは何もできなかった。

民間の企業の社員でしかないウォルター・ジェイコブは、拳銃《けんじゅう》を所持できなかった。それでは、抵抗のしようがなかったのだ。

もし、ジェイコブがあの誘拐の瞬間の汚名を返上するために、非合法な手段で銃を手に入れやってきたのだとしたら……。

その考えは、マサムネをわくわくさせた。ジェイコブは一流のプロだ。

（この日本という、ぬるま湯につかったようなくだらない国で、一流のプロ同士の対決が経験できる……）

マサムネにとって、これ以上のゲームはなかった。

彼は、今にも大声で笑いだしそうな気分で、敵がやってくるのを待っていた。

「また銃声がした……」

刑事部長は、つぶやいた。

彼は、何をしていいのかわからなかった。単に犯人が建物に立てこもっているだけならいくらでも方法があった。警察にはそうしたノウハウがある。

浅間山荘《あさまさんそう》事件でも、警察は、実にうまく立ち回り、犯人を検挙したのみならず、人質を救出したのだ。

しかし、今回は、犯人が一枚も二枚も上手《うわて》に思えた。警察の動きがすべて裏目に出ているように思えた。

しかも、人質の危機は刻一刻と深刻になってきている。磯辺の体力にも限りがある。彼が力尽きて倒れたときが、彼の最期《さいご》なのだ。時間が限られており、しかも、犯人の居場所が特定できない。

なおかつ、爆弾を仕掛けており、自動小銃と拳銃で武装している。

捜査一課長は声もない。他の刑事たちも同様だった。岡江警部補は、最初に『バックラー警備保障』で話を聞いたときに、どうしてもっと本気で取り合わなかったのかと、心底後悔していた。

警察の捜査というものに自信があったのだ。これまでの前例では、警察のやり方が充分に有効だったのだ。

しかし、そうでない場合もあるのだということを、ようやく思い知ったのだった。

「狙撃隊《そげきたい》やテロ鎮圧部隊はまだか……」

部長が課長に尋ねた。課長は、同じことを別の刑事に質問した。

「ヘリで、こちらに向かっています。現場到着まで、あと十分ほどかかるそうです」

「ヘリで部隊を運べるのか?」

「一番大きなヘリは、おおとり1号ですが、パイロットのほか十八名を運べます。機動隊のテロ鎮圧部隊は一分隊ですし、それに狙撃隊を加えても充分に飛べます」

おおとり1号は、ベル412と呼ばれるモデルで、ベトナム戦争で大いに活躍したヒューイの発展型の機種だ。

「ちょっと待ってください。ヘリから無線が入っています」

その刑事は無線に耳を澄ました。彼は、ヘリのパイロットと短いやりとりを繰り返したのちに言った。

「着陸のために準備が必要だということです。着陸地点を照明で照らす必要があるそうです」

刑事部長は、久しぶりに実務的な命令が下せた。

「警官隊にやらせろ。投光機を移動してもかまわん」

警察官たちは、それぞれ、安全な仕事を与えられてほっとしたような表情を浮かべた。危険を目の前にして動かずにいるのはつらいものだ。

警官隊は、ヘリコプターが着陸できそうな平地に投光機を移動しはじめた。


工藤は、目の前が不意に暗くなるのを感じた。山荘に当たっていた光が消えたのだ。その理由はわからなかったが、工藤にとっては、むしろありがたかった。

山荘が照らし出されているということは、山荘に忍び込もうとしたときに、どうしても工藤の姿も照らし出されてしまうことを意味している。

敵や警察に姿をさらすわけにはいかない。明かりが消えたということは、工藤は、闇のなかの建物に近づけるということなのだ。

山荘まではあと一歩だった。工藤は、どこから侵入するか考えていた。ジェイコブが斜面の側、つまりベランダのほうから近づいている。

工藤は、正面か、もしあれば勝手口から侵入すべきだと考えた。

一瞬、悪寒《おかん》が走った。ひどく嫌《いや》な気分だった。

それが何を意味しているか、頭ではなく、体が知っていた。工藤は、横に転がっていた。灌木《かんぼく》の枝や、固い下生えの茎が体に当たってひどく痛かったが、かまってはいられなかった。

工藤は、転がってから、さっと振り向いた。そこに、山刀を手にした影が立っていた。MP5を向けようとしたが体勢が悪かった。敵は、山刀をさっと振りかぶって工藤に迫った。

山刀は、切り付けることも突き刺すことも自由自在だ。格闘には理想的な武器だった。工藤は、MP5の銃身で辛《かろ》うじて最初の一撃を受け止めた。

すぐさま次の攻撃が来るのは明らかだった。工藤は、山刀の攻撃を受けると同時に敵の股間《こかん》を蹴《け》り上げた。

敵は、その一撃を予想していたようだった。鋭く体をひねった。工藤の足は敵の急所には命中しなかったが、大腿部《だいたいぶ》をしたたか蹴っていた。

敵はバランスを崩《くず》した。草のなかに倒れ込んだ。工藤は、チャンスと見たが、たちまち敵の姿が消えてしまった。

工藤は立ったまま、敵の姿を探すような愚かなまねはしなかった。彼もすぐさま、灌木の陰に姿を隠した。

敵は、じっと工藤を狙《ねら》っている。ぞっとするような相手だ。そういう相手に対処する方法はひとつしかない。

工藤のほうも手ごわいゲリラになりきるしかないのだ。工藤は、息を殺して次の展開を待った。

16 解 放

ジェイコブは、斜面に張り出しているテラスになんとかたどり着いた。イブンのトラップには一度も出会わなかった。

彼はその理由に見当がついていた。

残りの手榴弾《しゅりゅうだん》はふたつ。そのふたつは、建物に仕掛けてある可能性が大きい。出入口にブービートラップが仕掛けてあるのだ。ゴールにたどり着いて、勇んでドアを開いたとたんにどかんというわけだ。

テラスは斜面に突き出ており、何本もの支柱で支えられている。その支柱を登るのは簡単だった。

ジェイコブが先に山荘にたどり着けたのは、工藤が敵を排除してくれたおかげだと知っていた。さきほどのMP5の銃声は、敵を倒した音だったに違いないとジェイコブは考えた。

でなければ、敵に遭遇せずにここまで来られるはずはなかった。

ジェイコブは、テラスに登りはじめた。登りはじめるまでは、慎重にあたりの様子をうかがう。しかし、登りはじめたら、彼は大胆に一気に登っていった。

彼は、テラスの正面に回り込んで登った。斜面を背にする形だ。万が一、足を滑らせたら斜面を転がり落ちることになる。

しかし、敵に背から撃たれないためにはその位置が最良だった。

ジェイコブはテラスに登ると、そっとなかをうかがった。カーテンがかかっている。

人質の様子は見えない。

ベランダの窓にブービートラップが仕掛けられているとしたら、どういうものであるか、ジェイコブは考えた。

精密な電子部品がないかぎり、考えられるのはガラス戸のフレームに仕掛けられているものしかない。

特に、手榴弾を利用しているのだから、振動感知式の爆弾などは考えなくてすむ。安全ピンが抜ける仕掛けだけを考えればいい。

つまり、ごく単純なものを考えればいいのだ。ベランダのガラス戸をスライドさせて開いたとたん、それに繋《つな》がっていたワイヤーが安全ピンを抜く。

そういう類《たぐい》のトラップだ。

ジェイコブは、考えた末に、ガラスを割って侵入することにした。ガラス戸のフレームさえ動かさなければ安全だ。

彼は、サブマシンガンのグリップの部分でガラスを割った。すでに音を立てることを気にする段階ではない。

ジェイコブは、サブマシンガンでガラスの破片を手前に掻《か》き出すと、室内に入ろうとした。その瞬間に、全身の血が逆流した。

胸のあたりにワイヤーが張ってあった。

あと二十センチ前に出ていたら、彼は吹き飛ばされていた。人質もその衝撃でテーブルから落ち、テーブルの下の手榴弾も爆発していただろう。

イブンは、裏をかいていた。

ガラス戸のフレームではなく、戸の内側にワイヤーを張っていたのだ。

ジェイコブは、一度目を閉じ、深呼吸をした。たった今死にかけたのだという恐怖のために、体が震える。

彼は深呼吸をしてから、慎重にワイヤーをくぐって室内に入った。部屋のなかは暗かった。

だが、彼はすぐに写真に写っていたものを発見した。磯辺はテーブルの上でまだ頑張っていた。

磯辺が、緊張した声で尋ねた。

「誰だ……?」

「『バックラー警備保障』のジェイコブだ。契約を果たしにきた」

「誰だって……?」

磯辺は、かなり朦朧《もうろう》としているようだ。ジェイコブは、やるべきことを急いだ。テーブルの下にある手榴弾の安全ピンからワイヤーを外《はず》した。

「もうだいじょうぶだ」

ジェイコブは、そのワイヤーを掲《かか》げて見せた。暗くてそれはよく見えなかったが、何を意味するかは明らかだった。

「本当にだいじょうぶなのか……?」

「ああ。テーブルから飛び下りても平気だよ」

その瞬間に、本当に磯辺はテーブルから転げ落ちた。ジェイコブが咄嗟《とっさ》に手を出して支えなければ怪我《けが》をしたに違いなかった。

ジェイコブは、床に磯辺を横たえ、首に絡《から》まっていたワイヤーを外した。

磯辺は体力の限界に来ていた。気が緩《ゆる》んだとたん、意識を失ってしまったのだ。

ジェイコブは、磯辺を揺すった。

「目を覚《さ》ませ。眠るにはまだ早い」

磯辺が目を開けた。彼は、暗闇のなかで、しきりにジェイコブを見ようとしている。

「あんた……」

磯辺は、ようやく相手が誰かわかったようだった。「ボディーガードの……」

「そう。『バックラー警備保障』のウォルター・ジェイコブだ」

「どうして警察でなく、あんたが……?」

「それが問題なのか?」

「いや……。どうでもいいことだな……」

「そう。ここから、警察の機動隊の列まであんたが駆けていける体力が残っているかどうかのほうが問題だと思うが、どうだ？」

「何とか行けると思う。今まで耐えたのだからな……」

「途中まで私が送る。その先、私は姿を消さなければならない」

「なぜだ？　私を救出に来てくれたのだろう？」

「そのために法を犯しているのだよ。警察は私たちのことを素人だと決めつけている。今、私は銃を持っている。これは、警察にとっては許しがたいことなのだ」

「ばかな……。君たちは、命を懸《か》けて、私を救出に来てくれた……」

「だが、私も私の仲間も銃の不法所持で捕《つか》まりたくはないんだ。さ、行くぞ」

ジェイコブは、出入口に近づいた。案《あん》の定《じょう》、そこにもブービートラップが仕掛けられていた。ジェイコブはそれを解除すると、ドアをそっと開けた。

正面に機動隊の楯《たて》の列が見える。

ジェイコブは、磯辺を支えるようにして、表に出た。そのまま、道半《なか》ばまで進む。

「さ、ここからは、ひとりで行け。両手を上げて、攻撃の意思がないことを示して行け。でないと、警察に撃たれるぞ」

ジェイコブは、そのまま林に姿を消した。磯辺は、言われたとおりに両手を上げ、よろよろと警官隊に近づいていった。

「誰か出てくる」

機動隊の誰かが言った。

「明かりを向けろ！」

投光機は、ヘリの着陸のために使われ、明かりは、懐中電灯しかない有様だった。ありったけの懐中電灯の光が、磯辺に向けられる。

「犯人か？」

「両手を上げている。投降か！」

小隊長は、すんでのところで「かかれ」の命令を出すところだった。もしそうしていたら、機動隊がわっと駆け寄って、磯辺を袋叩きにしていただろう。

しかし、小隊長は、近づいてくるのが犯人ではないことを悟った。

彼は叫んだ。

「人質だ！　保護しろ！」

数名の機動隊員が飛び出し、磯辺を取り囲んだ。磯辺の身を守るためだった。

マサムネは、機動隊が飛び出したのを見ていた。何が起きたのかわからなかった。次の瞬間、彼は、機動隊が磯辺を取り囲むのを見た。

（人質が、解放されただと……）

マサムネは、敵がまんまと自分たちを出し抜いたのに気づいた。

（くそっ）

彼は、M16を構えた。数人の機動隊に囲まれた磯辺に向かって、フルオートで撃った。

たちまち、二名の機動隊員が地面に倒れた。そこに、楯を持った機動隊員がまた駆けつけた。そのうちのひとりも撃たれた。

それでも、また、機動隊員が雄叫《おたけ》びを上げて駆けつける。彼らは、文字どおり身を楯にして磯辺を守ろうとしているのだ。

いくら、防弾の胴着と小手をつけておりジュラルミンの楯を持っているとはいっても、銃弾のなかに飛び出すなど普通できるものではない。

小隊長は、その姿を見て言った。

「それでこそ警備警察だ」

続いて彼は声を限りに叫んだ。

「援護しろ！　あの林のなかのマズル・フラッシュを狙《ねら》え！　やつらを殺させるな！」

機動隊と、警官隊は、マサムネが撃った銃口の炎めがけて一斉に射撃を開始した。

マサムネは射撃をやめて移動しなければならなかった。

（ふん……。金を稼ぎ損《そこ》なったか……。こうなれば、さっさと撤退するしかないな……）

営利誘拐は失敗に終わったが、マサムネは、それほど悔やんではいなかった。彼は、あくまでゲームを楽しんでいるのだ。金を儲《もう》ける方法はまた考えればいい。

ふとマサムネは、ヘリコプターが近づいてくる音を聞いた。さきほどから、報道機関のヘリコプターは上空を行き来しているが、それらとは違い、どんどん降下してくるようだった。

（警察の増援か……）

マサムネは笑いを浮かべた。（ゲームはまだ終わらない。こちらの手駒《てごま》を増やさなければな……）

彼は、静かに移動しはじめた。

工藤は、ヘリコプターの爆音が近づくにつれ、周囲がざわざわとしはじめたのに気づいた。

ローターが巻き起こす風が木々を揺らしているのだ。その音を利用して、アブドルが移動した。

アブドルはうまく、草や灌木《かんぼく》の揺れを利用して行動をカムフラージュしていたが、工藤は見逃さなかった。

工藤は、勘でアブドルがいると思われるあたりにMP5を掃射した。

アブドルも撃ち返してきた。彼は山刀だけにこだわっているわけではない。敵を倒すために手段は選ばない。妙な美意識を持っていないからこそ一流のプロでいられるのだ。

アブドルのM16が立てつづけに連射され、工藤は、地面にしがみつくように姿勢を低くした。

その状態から、マズル・フラッシュの残像めがけてMP5を撃つ。

マズル・フラッシュの位置は絶えず変化している。なかなか捉《とら》えることができない。敵の銃弾にさらされる恐怖と緊張というのは耐えがたい。工藤は歯を食いしばってMP5を撃ち返していた。

彼は、手応《てごた》えを感じた。不思議なもので、銃から発射された弾丸と体がつながっているわけではないのだが、命中するとその手応えを感じる。

アブドルがかすかな悲鳴を上げた。M16の銃撃が止《や》んでいた。工藤は、慎重に近づき、敵の姿が見える位置まで来た。

敵は、暗闇のなかで動いている。工藤は、MP5を構え、掃射した。アブドルの体は一度跳《は》ね上がり、すぐに動かなくなった。

工藤は、大きく息をついた。すぐに、姿を隠すべきだと気づき、姿勢を低くした。そのとき、トランシーバーから、短い信号が聞こえた。

工藤は、ジェイコブだろうと思った。

彼は、今なら声を出してもだいじょうぶだと判断した。ヘリコプターの音がかなり大きい。

「ジェイコブか？　人質を救出したのか？」

二回トークボタンを押す信号が聞こえた。「イエス」の合図であることがわかった。工藤は、もう一度、送信した。

「よし、撤退だ。亜希子、援護してくれ。敵が撃ってきたら、撃ち返すんだ。狙わなくてもいいから、とにかく撃て」

また、信号が二回聞こえた。

工藤は、来た道を戻りはじめた。そのペースは来たときよりずっと速かった。

カーンは、移動しながら敵の姿を探し求めていた。彼はかなり広い範囲を移動している。

彼は、撤退する工藤を見つけた。

(何を急いでいる?)

カーンは、工藤の移動のスピードを見て訝《いぶか》しく思った。(撤退なのか?)

彼は、その理由をすぐに悟った。

(人質がすでに解放されたということか……?)

それは、誘拐作戦が失敗したことを意味している。

(こいつはいったい何者だ? 俺たちを出し抜くとは……)

カーンは、銃を構えた。M16をフルオートで撃った。工藤は、下生えのなかに伏せた。

工藤が撃ち返す。

ジェイコブは、その音を聞き、離れた場所からマズル・フラッシュを見た。どちらが工藤かは、すぐにはわからなかった。

フルオートの音は、どれも似ている。

しかし、比較して聞いてみることで、どちらがM16で、どちらがMP5かわかった。MP5は、ピストルと共通の九ミリ・パラベラム弾を使うので、比較的軽い音がする。しかも、連射速度が速い。

ジェイコブは、急いで移動して、工藤の側に回った。

M16の炎に向かって撃つ。ちょうど十字砲火を浴びせるような形になった。

「くそっ」

カーンは罵《ののし》った。決定的に不利な形になった。

(味方がやってこない。やられちまったということか?)

カーンは、なんとか持ちこたえていた。工藤とジェイコブは、撃ちながら後退する。

それに亜希子の銃撃が加わった。彼女は、自分の役割をよくわきまえていた。援護の射撃を始めたのだ。

ようやく、マサムネがカーンのサポートにやってきた。

カーンはすでにM16の弾薬を撃ち尽くしていた。あとは、サイドアームのガバメントの弾しか残っていない。

それは、工藤のほうも同様だった。撃ち合いを始めると、またたく間に弾薬を消費してしまう。

撤退のときには、とにかく火力を尽くして逃げるしかない。

まず、工藤が、MP5の弾倉をすべて使い果たした。じきに、ジェイコブも撃ち尽くす。彼らは、MP5を捨て、SIGザウアーを撃ちはじめた。

亜希子は、まだMP5を撃っている。彼女は、セミオートで撃っているので、弾薬の持ちがいいのだ。

工藤は、トランシーバーで亜希子とジェイコブに言った。

「さあ、車のところまで急げ。引き揚げるぞ」

ジェイコブが先に進んだ。来るときとは逆に、しんがりが工藤になった。亜希子が、木から下りてきた。暗闇で高い場所から下りるのは、たいへんに苦労する。工藤は、それを見守っていた。手を貸すために身を起こそうとしたとき、敵が姿を現わし、亜希子の胴体にしがみついた。

工藤は、心のなかで罵《ののし》った。

亜希子は、一度枝からぶらさがるような形になり、それから敵といっしょに地面に落ちた。

さらに、もうひとりの敵が現われ、工藤に言った。

「動くな。武器を捨てろ」

それは、日本語だった。そちらがマサムネだということがわかった。工藤は、言われたとおりに武器を捨てるしかなかった。彼はSIGザウアーを放った。「少し、話をしたい」

亜希子を捕まえた敵が立ち上がった。亜希子を楯にするように、彼女の背後に立っている。腕を背中に取り、銃を取り上げていた。

「マサムネだな……。噂《うわさ》は聞いている」

工藤は言った。

短い沈黙があって、その後にマサムネが言った。

「何者だ？　これほど戦闘をよく知っている日本人がいるとは思わなかった。侵入、救出、撤退……。見事な作戦と実行能力だ」

「おまえもたいしたものだ。俺たちが撤退戦に入るまで、けっして姿を現わさなかった」

「俺の名を知っており、ゲリラ戦に長《た》けている。警察じゃないだろう？　名前を聞かせてくれないか？」

「何のために……？」

「好敵手の名は知っておきたい」

「おまえのそういう態度が、いずれ、おまえを殺す。いつまでゲームをやっている気だ、マサムネ……」

「いつまでゲームをやるかだって？　死ぬまでさ。どうやら、私たちは、人質を失ったが、今、新たに人質を手に入れた。しかも、今度の人質は女性だ。人質の価値は高い。彼女がいれば、私たちはきっと逃げ延びることができる」

「工藤さん……」

亜希子が思わず呼びかけた。

「工藤……」

マサムネの声がする。その声には、驚きの響きがあった。「工藤だって？」

マサムネの声には、一種の感動が感じられた。

「工藤兵悟なのか？　これは驚いた。私は、伝説の工藤兵悟と戦ったのか？」

「俺に勝ったと思っているようだな。だが、まだ勝負はついていない」

「どうかな？　人質を殺されたくなかったら、ここでおとなしくしていることだ。私たちが安全な場所まで行けたら、人質は解放する」

その言葉を信じるわけにはいかなかった。しかし、うかつに動くわけにもいかない。亜希子は銃を突きつけられているはずだった。工藤は、銃を失っている。

工藤は、この状況を抜け出すために利用できるものはないか、必死に考えていた。

17 意 表

ヘリコプター・おおとり1号から、機動隊の特殊分隊と狙撃隊《そげきたい》が降りてきた。彼らは、刑事部長の前に整列して、状況の説明を受けていた。

狙撃隊は、スターライト・スコープを装着している。かすかな明かりを増幅する装置だ。機動隊特殊分隊のテロ鎮圧部隊は、機動隊本体よりも軽装に見えるが、防弾チョッキとサブマシンガンを装備していた。

刑事部長は、人質を救出したことで強気になっていた。犯人の制圧を彼らに命令していた。

黒崎は、ヘリコプターが着陸するのを見て、何事かと、それが見える位置まで進んでいた。

彼は、報道機関の連中といっしょになってその様子を見ていた。黒崎は、隣にいた新聞記者らしい男に尋ねた。

「これは何事だ?」

新聞記者は、じっと事態を見つめたまま答えた。

「話に聞いたことがある。おそらくテロ鎮圧部隊だ。サブマシンガンで武装しているらしい」

黒崎には、それがどういうことかすぐにわかった。実力による制圧だ。

まだ、工藤たち三人は林から戻らない。今、その恐ろしい連中に発見されたら、犯人と間違われて確実に殺されてしまう。

黒崎は、テロ鎮圧部隊のことを工藤たちに知らせなければならないと思った。三人のうち誰《だれ》かを発見できれば、トランシーバーで連絡を取り合うことができる。彼は、林のなかに入っていった。

何とか、テロ鎮圧部隊が林のなかに展開する前に、工藤たちに知らせたかった。黒崎は、敵に発見される危険も顧《かえり》みなかった。

その恐怖を忘れていた。新たに生じた危険を知らせることが後方支援の役割のひとつだ。今、黒崎は、その役割を果たそうとしているのだった。

林に入って間もなく、激しい銃撃戦の音が聞こえた。黒崎は、姿勢を低くして、木の幹《みき》づたいに移動して、そちらに近づいていった。

やがて銃撃戦が止《や》んだ。

黒崎は、どうなったのか不安だった。とにかく先を急ごうとしたとき、不意に目の前に人影が現われた。

黒崎は、舌打ちをした。銃を突きつけられた。敵だと思ったのだ。

その人影が言った。

「あんたは……」

　その声に聞き覚えがあった。

「ジェイコブか？」

　黒崎は尋ねた。

「あやうく撃つところだった。いったいどうしたんだ？」

「物騒なやつらがやってきた。警察のテロ鎮圧部隊だと言っていた。あんたらが持って出たような銃を持っていた。それを知らせたくて、老骨に鞭《むち》打ってここまでやってきたというわけだ」

　ジェイコブは、黒崎の言いたいことをすぐさま悟った。彼は、トランシーバーのトークボタンを続けざまに何度も押した。危機を知らせる信号だった。

　しかし、返事がなかった。

「おかしい……」

　ジェイコブは言った。

　彼は、異変に気づいた。「そういえば、兵悟も亜希子もそろそろ姿を見せていいころなのだが……」

「そうなのか？」

「撤退してきたんだ。まだ現われないということは、何かあったということだな……。敵が沈黙しているのも気になる……」

「行ってみよう」

ジェイコブは迷った。ここで待っていたほうがいいかもしれない。撤退途中で引き返すのは得策とはいえない。

しかし、彼は、引き返すことにした。

「よし。戻ってみよう。だが、あんたはここにいたほうがいい」

「ひとりで行くより、ふたりのほうがいいこともある」

ジェイコブはその申し出についてすばやく判断を下さなければならなかった。

彼は、ＳＩＧザウアーを黒崎に手渡し、自分はナイフを抜いた。

「銃がすでに一挺《ちょう》しかないんだ」

「どちらかといえば逆のほうがいい……」

「え……？」

「銃《チャカ》を弾《はじ》くより、ドスのほうが得意なんだ。そういう時代にぐれていたもんでね……」

ジェイコブにはその言葉の意味がわからなかった。しかし、黒崎の意図《いと》は通じた。ジェイコブは、ナイフを手渡し、拳銃《けんじゅう》を手に取った。

「あとにぴったりと付いてきてくれ」

ジェイコブは言って、再び、林の暗闇に向かって歩き出した。

トランシーバーから、立て続けに電波を受信する音が聞こえた。

「危機を知らせる一般的な約束ごとだが……」

マサムネは言った。「仲間は何を知らせてきたのだろうな……?」

「さあな……」

工藤には本当に見当がつかなかった。ジェイコブは、いったい、何に気づいたのだろう……。

「まあ、いずれにしろ、長居は無用ということだ。あんたに会えてうれしかったよ。この感激は忘れない」

マサムネは、無造作に銃口を上げた。M16を腰溜《こしだ》めで構えた。

工藤は、反射的に身を投げ出した。

マサムネが掃射する。

工藤は一瞬も止まらずに横に転がった。すぐさま木の根元に転がり込む。自然に胎児の形になっていた。

転がったときに、固い茎や灌木《かんぼく》が刺さったり、固い下生えで切り傷ができたが、かまってはいられなかった。

マサムネたちは、移動を開始した。彼らは急がなければならなかった。逃げるためのチャンスはそう多くはない。

移動できるときに移動しなければ、数少ないチャンスをものにすることができなくなってしまう。

工藤もわずかな運をものにしていた。躊躇《ちゅうちょ》なく身を投げ出したのがよかったのだ。弾に当たるか当たらないかは、紙一重《かみひとえ》だった。

（亜希子は殺させない……）

この救出作戦に亜希子を巻き込んだのは工藤だった。どんなことがあっても亜希子を助けなければならない。銃は下生えのなかに捨てていた。この暗闇では探すのは一苦労だし、その時間が惜しかった。

工藤は、ポケットからバックのサバイバルナイフを取り出した。なんとか、ナイフだけで対処しなければならない。

マサムネたちは、斜面のほうへ進んだ。斜面を下り、林の裏手から脱出するつもりだった。

逃走用に車を用意してあるはずだと工藤は思った。マサムネは、必ず逃走の手段を考えてあるはずだった。

箱根から逃げ出すだけでなく、日本から逃げ出す手段も考えているに違いなかった。おそらく、四人はばらばらになり、空路や海路で日本を離れるのだ。

なおかつ、彼らは、逃走のために、亜希子を人質に取ったのだ。万が一、警察に行手を阻《はば》まれたような場合に利用するのだ。

そして、用がなくなれば亜希子を殺す。

工藤は、マサムネたちの姿を求めて、急な斜面を下っていった。

ジェイコブと黒崎は、フルオートの発射音を聞いた。

「M16だ……」

ジェイコブがつぶやいた。

「犯人だってことかい?」

「そうだ。こっちだ」

ジェイコブは再び、トランシーバーのトークボタンを続けざまに押した。

「兵悟はこの信号を聞いていないのか……?」

彼は返事を待った。驚いたことに、トークボタンによる信号ではなく、工藤の声が聞こえてきた。工藤は英語で言った。

「どうした、ジェイコブ?」

工藤が声を出すということはジェイコブも声で答えていいということだ。

「警察が、何か特殊な連中を呼んだようだ。サブマシンガンで武装しているという。物騒な連中らしい。見つかると、面倒だ。連中は私たちも犯人と見なすだろう」

「わかった。マサムネたちは、西側の斜面を下っている。俺がふたり倒した。残りは、マサムネを含めてふたりだ。彼らは、亜希子を人質に取った」

最後の一言《ひとこと》が、ジェイコブに衝撃を与えた。

「西側の斜面だな。私たちもそちらに向かう」

「私たち？」

「黒崎もいっしょだ」

工藤はそのことについては何も言わなかった。

「了解」

それきり、工藤は、沈黙した。

ジェイコブは、黒崎に日本語で言った。

「亜希子が人質に取られた」

「なんてこった……。工藤のやつは何をやってるんだ」

「工藤は、犯人たちを追っている。私たちも行こう。こっちだ」

ジェイコブは斜面を下りはじめた。真っ暗な山林の斜面はきわめて危険だった。ジェイコブは慎重に進んだ。黒崎は、なんとかその後を付いていった。

工藤は、じきにマサムネたちを発見した。彼らは亜希子を連れているので、ペースが落ちる。

工藤は、そっと彼らを先回りした。灌木の陰に身を隠して彼らがやってくるのを待った。なんとか彼らの足を止めなければならない。工藤は、声を掛けた。

「待て、マサムネ。俺は、おまえを拳銃で狙っている」

マサムネとカーンはその声を聞いて立ち止まった。

カーンは、その声に向かってガバメントを撃ち込んだ。しかし、工藤は、声を発した次の瞬間に、位置を移動していた。

「おまえたちに、俺は撃てない」

工藤は言った。「俺は、おまえたちを狙ってる。いつでも撃てる。女を放せ」

笑いを含んだマサムネの声が聞こえた。

「あんたに、なぜ止《とど》めを刺さなかったか、わかっていないようだな……」

工藤は答えなかった。その代わり、闇のなかから、カーンに飛び掛かれるように、慎重に移動していた。

一瞬が勝負だった。タイミングを外したら、工藤も亜希子も助からない。

工藤は、闇を透《す》かして亜希子の様子を探ろうとした。亜希子は、落ち着いているようだった。

彼は、亜希子が自分を信頼しているのだと気がついた。信頼には応《こた》えなければならない。

マサムネの声が続いた。

「あんたを逃がしてやったんだよ。あんたは、殺すには惜しい人材だからな……」

工藤は、心のなかで言った。

（おまえはアマチュアだ。どんな相手でも、敵は殺せるときに殺すものだ）

とにかく、工藤は、彼らの足を止めることができた。

だが、マサムネもカーンも自動小銃で武装しており、さらにサイドアームのガバメントを持っている。工藤が持っているのはナイフだけだ。

(ここからが、ゲリラ戦の本番だぞ……)

工藤は、自分自身にそう言い聞かせた。


「声が聞こえた……」

黒崎が言った。

ジェイコブは、しっというふうに唇に人差し指を立て、もう一方の手を掲《かか》げた。人差し指を唇に当てた仕種《しぐさ》は暗くて見えなかったが、ジェイコブが何を言いたいかは、黒崎にはすぐにわかった。

敵の声が聞こえるということは、自分たちの声も敵に聞こえるということだ。

ジェイコブは、付いてくるようにと身振りで指示した。黒崎は、その指示に従った。

ジェイコブは今までにないくらい慎重に前進した。黒崎もそれに倣《なら》った。

たいへん無骨に見える男が、まったく音を立てないほどに慎重に行動できるという事実が、黒崎にとっては驚きだった。

これが一流のプロというものか、と黒崎は思った。

やがて、ジェイコブが、握った拳《こぶし》を掲げた。「止まれ」の合図だ。黒崎は、軍隊の合図など知らなかったが、その意味をすぐに悟った。

ジェイコブと黒崎は、そっと木の陰から様子をうかがった。そこに、黒い三つの影が見て取れた。影のひとりが何事かしゃべっていた。

　ジェイコブと黒崎は、それが敵と人質の亜希子であることに気づいた。ふたりは、耳を澄まして、影のひとつがしゃべっていることを聞き取ろうとした。

　マサムネは、姿の見えない工藤に話しかけていた。

「あんたは、私が提供したチャンスをふいにした。生き延びるチャンスを無視したんだ。ここで死ぬことになる」

　カーンが落ち着きをなくしつつあった。彼は、英語でマサムネに言った。

「こいつは何者だ？　気味の悪いやつだ。まるでアブドルのようだ……」

「そう。プロ中のプロだ。工藤兵悟という名前に聞き覚えはないか？」

　カーンの声に驚きと恐怖が聞き取れた。

「ヒョウゴ・クドウ……。くそっ。できれば、あちら側につきたかった……」

「そう言いたくなる気持ちはわかる。だが、ここで工藤を倒せば、おまえが誰かにそう言われるようになるんだ」

　工藤は、カーンがうろたえている今が、チャンスだと思った。

　迷っている段階ではない。チャンスをものにするときだった。

　彼は、灌木の後ろから滑るように姿を現わした。斜面を横切るような恰好《かっこう》だった。まっすぐに亜希子を捕まえているカーンめがけて突進した。

しかし、工藤は、三人組のセンサーといわれるカーンの感覚を知らなかった。カーンは、工藤の動きにすばやく反応した。

カーンは、迷わず工藤めがけてガバメントを撃った。

その弾は命中しなかったが、工藤の動きを封じるのには充分だった。工藤は、下生えのなかに手を突いていた。

マサムネがM16を向けた。

「命運が尽きたな……」

マサムネが言った。

「工藤さん……」

亜希子が叫んだ。

「声を出すな」

カーンが、拳銃を亜希子に突きつけた。

「さあ、死ぬときが来たな、工藤兵悟」

マサムネは、言った。彼は、トリガーに指を触れた。

黒崎の動きはあまりに唐突で、ジェイコブは止めることができなかった。ジェイコブは、拳銃でマサムネを狙っていたが、近くに亜希子と工藤がいるために撃つのをためらっていた。

そのとき、黒崎が飛び出していったのだ。黒崎は急な斜面をほとんど飛び下りるように下っていった。

黒崎は、マサムネに体当たりをした。誰もが意表を衝《つ》かれた。カーンすら、黒崎の行動に度肝《どぎも》を抜かれていた。

体当たりをした瞬間に、マサムネは撃っていた。フルオートになっていたため、一瞬のバースト・ショットになった。マサムネは、倒れていた。黒崎は、そのマサムネにナイフを突き立てようとしていた。

カーンが、罵《のの》しりの声を上げて、黒崎を撃った。黒崎は、声もなく、その場に崩れ落ちた。

工藤は、カーンが黒崎に銃を向けた瞬間、迷わずカーンに飛びかかった。

銃を持つ右手をつかみ、脇《わき》の下に固める。カーンはライフルを肩に掛けていた。弾がなくなったのか、あるいは、亜希子をつかまえているのに邪魔だったのだろう。

工藤は、そのままカーンの肘《ひじ》を折った。関節を折られる痛みに耐えられる者はいない。

カーンは悲鳴を上げ、ガバメントを取り落とした。

工藤は、一瞬無力化したカーンの脇からナイフを滑《すべ》り込ませた。

カーンの体がすごい勢いで跳ね上がり、硬直した。次の瞬間、その体は崩れ落ちた。

マサムネは、あわてて起き上がり、ライフルを構えようとした。その背後から銃声がして、彼は、一瞬、立ち尽くした。

自分の体を貫いた衝撃が、何であるかわからなかったのだ。

やがて、彼はゆっくりと倒れていった。

工藤は、マサムネの後ろに銃を構えたジェイコブが立っているのを見た。

「間に合ってよかった……」

ジェイコブが言った。

工藤は、はっとして、倒れている黒崎に近づいた。

黒崎はぐったりとしている。

「クロさん……」

彼は、黒崎の頸《けい》動脈に触れた。黒崎はまだ生きていた。だが、四五口径で至近距離から撃たれたのだ。きわめて危険な状態だった。工藤は一刻もぐずぐずしていたくはなかった。

亜希子が尋ねた。

「だいじょうぶなの？」

工藤は言った。

「死なせてたまるか」

工藤は、無茶を承知で黒崎を背負おうとした。ジェイコブと亜希子が手を貸した。

工藤は斜面を登り、車のある場所めざして急いだ。

ジェイコブと亜希子があたりを見回しながら、後に続いた。ジェイコブが言った。

「来た……。警察の特殊部隊だ」

工藤は、息を切らしていた。彼は、歯を食いしばったまま言った。

「やつらに見つからないように、神に祈っていろ」

「ヤハウェの神にでもいいのか?」

「好きにしろ」

18 関係者

黒崎は脇腹《わきばら》を撃たれていた。出血がひどい。黒崎を背負っていた工藤の服までが、血でぐしょぐしょになってしまった。

工藤は、ようやく、車のあるところまでやってきた。そこで、黒崎を下ろすと、服を裂き、傷を見た。暗くて傷の具合はわからない。内臓も損傷しているかもしれない。

工藤は、バンダナを畳んで傷に押し当てた。ジェイコブがそれを見て救急パックのなかから粘着包帯を取り出した。

工藤が押し当てたバンダナの上から固く粘着包帯を巻き付けて止血した。

「このままじゃ持たない……」

ジェイコブが言った。「車で病院に運ぼうにも、地の利もない……」

亜希子がすばやくまわりを見回し、言った。

「あれを見て」

彼女は、報道関係の自動車が止まっている先を指さした。そこには救急車が止まっていた。

工藤とジェイコブは、顔を見合わせた。

工藤は言った。

「選択の余地はないな……」

「あたしが行くわ」

亜希子が駆け出した。

「まあ、たしかに、こういう場合は女性のほうが適役かな……」

亜希子は、大怪我《けが》をしている人がいると言って救急隊員を連れてきた。救急隊員は、すでに疲弊《ひへい》していた。

あまりに怪我人が多いので参っていたのだ。すでに、数台の救急車が病院と現場をピストン輸送していた。

救急隊員は一目見て、事の重大さを悟った。すぐに担架《たんか》で黒崎を運ぼうとした。

「待て」

そのとき、声がして一同は顔を上げた。

警察官が立っていた。神奈川か静岡の県警の警察官のようだった。

「それは何者だ?」

警察官は尋ねた。

「見ればわかるだろう。怪我人だ。重傷なんだ。そこをどいてくれ」

救急隊員が言った。

「そうはいかない。その怪しげな服装はなんだ?　犯人の一味ではないのか?」

「そういう話は後だ。一刻を争う」

「待つんだ。何者かわからないかぎりここを通すわけにはいかない」

ジェイコブが言った。

「そんなことを言っているときか？　話が聞きたいなら病院か地獄までついてくるがいい」

「何事だ？」

苛立《いらだ》たしげな声が聞こえた。ジェイコブはそちらを見た。彼は、そこに立っている男に見覚えがあった。

岡江茂男警部補だった。ジェイコブはしまったと思った。岡江警部補もジェイコブの顔を覚えているはずだ。

岡江は、ジェイコブを見つめ、それから、担架の上の黒崎を見た。

工藤と亜希子を順に見てから、彼は制服を着た警官に言った。

「問題ない。われわれの関係者だ」

「は……？」

警察官は、訊《き》き返した。

「関係者だと言ってるんだ。さあ、早く病院に運べ」

救急隊員は救急車に急いだ。

「車で救急車を追おう」

工藤が言った。

ジェイコブが行きかけると、岡江がその腕をつかんだ。

「あんたたちがやったのか?」

「何のことだ?」

「人質の救出だ」

「さあな……。人質が独力で脱出したんじゃないのか? 俺たちはただの野次馬《やじうま》だ」

「野次馬が大怪我を?」

「流れ弾《だま》に当たったのだ」

岡江はジェイコブを見つめた。まったくの無表情だった。やがて、岡江は、手を離し、言った。

「行っていい。怪我人が助かることを祈るよ……」

やがて救急車がサイレンを鳴らしながら出発し、工藤とジェイコブの車がその後を追っていった。

19 契約

「悪運の強いやつだ……」

意識を取り戻した黒崎に、工藤が言った。黒崎は、脇腹《わきばら》を撃たれて、筋肉と脂肪の層をひどく削《けず》られた。しかし、内臓には、それほどの損傷もなく、手術は、五時間ほどで終わった。

黒崎が眠り続ける間に、工藤たち三人は、順番に近くのホテルの部屋でシャワーを浴び、着替えをした。特に、工藤は、着替える必要があった。ホテルの部屋は、病院から電話で予約をしたのだった。

丸一日たって、黒崎は目を覚ました。

黒崎は、ベッドのすぐ脇に工藤がおり、その向こうに亜希子とジェイコブがいるのを見て取った。

彼は、工藤と亜希子を交互に見て言った。

「俺は天国へ来たのか？　地獄へ来たのか？　どっちだ？　悪魔と天使の両方が見えるぞ」

『バックラー警備保障』の社長室で、ジェイコブと渡会社長が、磯辺良一と『公英社』の江木譲一を迎えていた。

磯辺良一は、ジェイコブの手を握ると熱のこもった調子で言った。

「君は命の恩人だ。君がいなければ、私は、いまごろ、粉々《こなごな》の肉片になっていた」

「よく辛抱《しんぼう》なさいました」

ジェイコブは言った。「私は、契約を守っただけです」

「契約……？」

ジェイコブはうなずき、渡会社長の顔を見た。渡会が言った。

「そう。あなたを守る。そういう契約でした」

「警察だけに任せていたら、どうなっていたか……」

江木譲一が言った。「それにしても、新聞の記事……、ありゃ何です？　人質は自力で脱出、犯人たちは、逃げきれないと見て自決したらしい……。そんなんで納得できますか？」

「納得するもんですよ、一般大衆というのは……」

渡会社長が言った。

ジェイコブは、彼らが脱出したあとのことを想像した。テロ鎮圧部隊が、犯人たちの死体や重傷の姿を見て拍子《ひょうし》抜けするさまを思い描いておかしくなった。

「何とか礼をしたいのだが……」

磯辺が言った。渡会は答えた。

「契約金をいただいているので、それ以上はいただけません。できれば、あなたの影響力で私たちを宣伝していただきたいですね」

「もちろん、約束する」

磯辺は何度も礼を言い、江木は称賛の言葉を繰り返し、ようやく引き上げた。ふたりが去ると、ジェイコブが言った。

「もっと請求してやればよかったのに。銃を買った金額だけ見ても赤字だ」

「あれだけ感謝している人間の足元を見ろというのか？　私たちは信用を得た。これは金銭以上の収穫だ」

「あんた、本当に経営者には向いていないな……」

「だが、経営が順調なのはどういうわけだろうな」

「俺がいつも神に祈っているからだ」

「ならば、これからも頼むよ……」

誘拐事件から五日が過ぎ、人々の話題にもならなくなりはじめた。

日が暮れて、『ミスティー』の看板に明かりが灯《とも》った。

カウンターのなかにいるのは、黒崎ではなく工藤だった。彼は、大きな体を窮屈そうにしてグラスを洗っている。

なかを仕切っているのは亜希子だった。

工藤は勝手が違い、どうも居心地《いごこち》悪そうだった。

ジェイコブがやってきて、工藤の指定席に座った。

「いらっしゃい」

亜希子が言った。

「あそこの人相の悪いバーテンダーは、何者だ?」

ジェイコブは工藤を指さして言った。

工藤は唸《うな》るように言った。

「そこは俺の席だぞ」

亜希子が説明した。

「黒崎さんが復帰するまで店を守る。工藤さんはそう約束させられたの」

「この間はひどい目に遭《あ》ったな……」

「その点については、俺の責任だ」

工藤が言った。「俺が彼女を巻き込んだ。亜希子は立派だった。人質に取られても無駄なことをしゃべったり、やったりしなかった」

「怖くてしゃべれなかっただけよ」

「まあ、それでも、余計なことをするよりずっといい」

「ところで、私は問題だと思うのだが」

ジェイコブが言った。

「何かしら?」

「黒崎は店を守れと言った。しかし、あのバーテンダーがいると、客がいなくなってしまいそうな気がする」

「ユダヤ人に飲ませる酒はないと、出入口に貼《は》り紙がしてなかったか?」

ついに亜希子は笑い出した。

彼女は、棚からブラック・ブッシュのボトルを取り出してカウンターに置いた。

「さ、これが飲みたければ、ふたりともおとなしくするのよ」

亜希子は、三つのグラスにアイリッシュ・ウイスキーを注《そそ》いだ。

彼女は、そのひとつを取り、掲《かか》げると、

「救出作戦の成功に乾杯」

工藤とジェイコブは、実のところ、早く素直にその言葉を口に出したかったのだ。

ふたりは、グラスを取り、同時に軽く掲げた。

解説

大多和伴彦

作家自身と、生み出した作品にギャップがあること――これはよくあることだ。

美男美女の華麗なアバンチュールを描きだす作家が意外に地味な印象の人物だったり、官能小説のベテランは、物腰が柔らかな紳士だったりすることが多いし、ハードボイルドや冒険小説の書き手がみな、屈強で、男臭さを周りに振りまいているわけではない。

では、本書の作者、今野敏氏の場合はどうか？

氏と初めて出会った者は、まず、その姿勢の良さに、はっとすることだろう。まっすぐに伸びた背筋は、作家の中では長身の部類に入る氏の背丈をさらに強調することになる。その均整のとれた体格をセンスのいいスーツに包んだ立ち姿はとても目立つので、パーティ会場などで氏を探すのに苦労はいらない。

今野氏は、空手の常心門の3段、棒術では5段を持つ〝武芸家〟でもある。氏がその姿の良さを、それらの格闘技の鍛錬によって身につけていったであろうことは想像に固くない。

小説は作家の創造力の産物、ではある。そのことをふまえれば、前述の、作家と作品のイメージのギャップは、実はさして不思議に思うことではない。

だが、今野氏の作品——とくに本書「ボディーガード　工藤兵悟《くどうひょうご》」シリーズのような、アクション・シーン満載の作品を読むと、作家としての創造力に加えて、氏が厳しい空手修業の中で体験した事柄が効果的に反映されていると思われるところが随所に見られるような気がする。

本シリーズの主人公・工藤兵悟の年齢は三〇歳の半ば。乃木坂のとあるビルの一階にある静かな佇まいのバー「ミスティー」の用心棒という名目で、店の奥の一室を借りて住んでいるが、彼が入居してから店にさしたる揉め事が起きたことはなかった。

もうひとつの工藤の仕事は、ボディーガード。一匹狼の彼にそれほど頻繁《ひんぱん》に仕事の依頼があるはずはない。だが、彼の〝過去〟の実績が、今夜も「ミスティー」のドアを依頼人に開けさせるのだ。工藤の過去——彼は元傭兵だったのだ。

身長一八〇センチ、体重七五キロの恵まれた体格を持ち、学生時代には空手の試合に出場すればまずまずの成績を残す使い手だった工藤は、おのれの拳で身を立てようと考えた。だが、国内ではよほどの才能と運に恵まれなければ思いを果たせないと判断した彼は、海外に新天地を求めるが、そこでも挫折。食いつめるのにさほど時間はかからず、気がつくとフランス外人部隊に入隊していたのだった。

第四連隊で訓練を受けたのち、いったん命令が出れば二十四時間以内に局地戦の最前線へと駆り出される第二落下傘部隊に赴任。駐屯するコルシカ島のカルヴィから、幾たびかアフリカの紛争地へパラシュートで降り立った。

その後、隊員たちの多くがそうであるように、工藤もフリーランスの傭兵となり、世界各地の紛争地帯での死線を超える体験の中で、実戦での戦闘能力と、高度なサバイバル技術を会得していった。

その日本では希有な経験と能力が、そして、傭兵時代の人脈が、その日暮らしの彼に、折りに触れて幾ばくかの大金と、戦場での緊張感を取り戻す数日間をもたらすことになったのだった――。

本シリーズの中で特筆すべきことは、やはり工藤がその能力をフルに発揮するサバイバル・シーンだろう。

今野氏は作中、訓練の積み重ねと、それを実戦経験で自分の血肉とした工藤の一挙手一投足を実にリアルに、そして門外漢にも頷けるように具体的に描いていく。一分の隙もない工藤の動きには、誰もが一種の美しさすらおぼえることだろう。その一連の描写は、おのれの体で何かを会得した者でなければ絶対に書けないリアルさだ。人間の精神と肉体両面の限界――頑強であることがもたらす脆さ、繊細さの上に成り立つ強靭なものといった微妙な事柄が、まことに緻密に描かれていく。

実は、先日、ある作家と話をしていたとき、話題が小説の中での格闘シーンのことになった。

その作家は、

「ミステリーのトリックの信憑性や出来不出来が話題にされることは多いのに、冒険小説やハードボイルドの格闘場面の誤りが指摘されることがほとんどないのはなぜなのか」

ともらしていた。

その作家は武芸を嗜んではいないが、己の肉体を鍛えることに努力を惜しまぬ人物だった。そのため、小説の格闘シーンでの誤りや、主人公が体を鍛えていないのにもかかわらず大活躍する作品に出会うと、いかに物語が素晴らしくとも、興醒めしてしまうのだと残念がっていた。

たしかに、ボディー・ブローを受けた男が後方へ吹っ飛んだり、主人公が数人の敵に取り囲まれても大立ち回りが出来たりする〝嘘〟を平気で書き連ねている作品がある。

いかに、主人公が、かつてラクビーなどのスポーツで鳴らしたことがあったとしても、日々の鍛錬を継続していなければ、少々の喧嘩でも簡単に息があがるほど体力は落ちてしまうものだ。

その点、今野作品には嘘がない。

さて、『ナイトランナー』『チェイス・ゲーム』、そして本書『バトル・ダーク』の3冊からなる本シリーズは、各巻独立した物語として十分に堪能できる。だが、全作を通して読んでみると、作者の巧みな構成が見えてくる。

第一作目の『ナイトランナー』での工藤の仕事は、水木亜希子という魅力的な女性をCIAから守ることだった。彼女はただの美貌の持ち主ではなく、かつてコンゴで工藤の命を救った傭兵仲間のエド・ヴァヘニアンからサバイバル技術を伝授されていた。狂信的とも噂される世界的環境保護団体「グリーン・アーク」のスタッフだった彼女が握るある秘密をめぐって、執拗に迫りくるCIAの追手からの息詰まる逃避行が繰り広げられる。〝元傭兵〟のサバイバル技術を、戦場とはもっともかけ離れた東京という〝都市空間〟で見せつけられた読者は、新鮮な驚きを感じたことだろう。

続く『チェイス・ゲーム』では、変則的なボディーガード物になる。かつてアルジェリアで戦友だったアル・ソラッツォからの依頼を工藤は断ってしまうのだ。アルは、イタリア・マフィアからある品を奪ったために追われていた。だが、殺し合いの手伝いは出来ないこと、自分自身の年齢的な限界から責任をもったガードが不可能であることを理由に工藤は依頼を引き受けなかった。その変わり、山岳ゲリラであったアルが最も有利に追手から逃げられるようにと、以前工藤がトレーニングに使用した装備と地図を与え、中山道沿いの山中へと逃がす。ところが、マフィアに脅迫され、工藤自身がアルの行方を探し出すはめに陥ってしまう――。アルを捜し出さなければ危うい、人質に取られた「ミスティー」のマスターたちの命。なんとか逃げ延びさせてやりたいかつての戦友。このジレンマの設定も巧みだが、天才的な技術を持った元傭兵同士が死力を尽くして山中で繰り広げる追跡劇の迫力には圧倒的なものがあった。

そして、本書『バトル・ダーク』。〃イスラム聖戦革命機構〃と名乗る組織に誘拐された国際ジャーナリスト・磯辺良一の救出作戦に工藤は加わることになる。全作同様、彼は一度は依頼を断るのだが、ザイールで共に戦火をくぐり抜けてきたウォルター・ジェイコブの説得で手を貸すことを決意する。私たちはここではじめて、工藤が一九八四年のチャド内戦の際、味方の一個小隊を救えず全滅させてしまった過去があったことを知らされる。その忘れがたい苦い過去、そして、戦場で自己の存在証明を見つけた人間は、結局戦いの中にしか生きられないという、おのれの戦士としての性を工藤は思い出してしまう。また、正真正銘のゲリラたちとの、正に〃戦争〃と言っていいバトルが繰り広げられる本作は、シリーズ最大のクライマックスにふさわしいスケールと迫力を持った作品に仕上がっている。

このように、「ボディーガード　工藤兵悟」シリーズは、各巻ごとに、依頼主、工藤が活躍するフィールドに工夫が凝らされているだけでなく、ストーリーを追うにつれて明らかになってくる主人公の内面もまた細かく描かれた作品である。

また、人物造形の点でいえば、各巻ごとの依頼者はもちろん、『ナイトランナー』以後、

「ミスティー」で働くようになった水木亜希子とマスターの黒崎猛といった工藤を支えるサブ・キャラクターもみな魅力的だ。特に、本作でのふたりの活躍は、1巻目の亜希子の勇姿がもう一度見てみたいと思った読者を満足させてくれるし、かつて裏社会にいた者ならではの渋い活躍を要所要所で見せてくれた黒崎の捨て身の振る舞いには、ちょっとほろりとさせられるだろう。このように、本シリーズは、今野敏という作家の資質と才能を元に仕上げられた一級のエンターテイメント・シリーズであると言えよう。

本シリーズのような、いい小説を読むと、いい酒が飲みたくなる。もちろん、今宵かたむけるグラスに満たす銘柄は、ブッシュミルズ――これ以外にはないのは言うまでもない。

（おおたわ・ともひこ／文芸評論家）

本書は一九九五年に祥伝社より刊行された「血路」を底本とし、改題しました。
二〇〇八年、改訂の上、新装版として刊行。

Haruki Bunko
ハルキ文庫

こ 3-24

バトル・ダーク ボディーガード工藤《くどう》兵悟《ひょうご》❸ 新装版

著者 今野《こんの》敏《びん》

1999年 4 月18日第一刷発行
2008年10月18日新装版 第一刷発行
2022年 4 月 8 日新装版 第六刷発行

発行者 角川春樹

発行所 株式会社角川春樹事務所
〒102-0074 東京都千代田区九段南2-1-30 イタリア文化会館

電話 03(3263)5247(編集)
03(3263)5881(営業)

印刷・製本 中央精版印刷株式会社

フォーマット・デザイン 芦澤泰偉
表紙イラストレーション 門坂 流

ISBN978-4-7584-3373-0 C0193 ©2008 Bin Konno Printed in Japan
http://www.kadokawaharuki.co.jp/[営業]
fanmail@kadokawaharuki.co.jp[編集] ご意見・ご感想をお寄せください。

今野 敏　安積班シリーズ　新装版 連続刊行

神南署篇

『警視庁神南署』

2022年3月刊

舞台はベイエリア分署から神南署へ――。

巻末付録特別対談第四弾！

今野 敏×中村俊介（俳優）

『神南署安積班』

2022年4月刊行

事件を追うだけが刑事ではない。その熱い生き様に感涙せよ！

巻末付録特別対談第五弾！

今野 敏×黒谷友香（俳優）